Gaea

Gaea

GAEA

特殊傳說 特典

晝夜循環 02

護玄——著

《晝夜循環》屬於不同世界番外。

與《特殊傳說》本傳劇情無任何關係，純屬「假如他們在另一個世界」會如何歡樂生活的平行文。

請帶著一顆被洗腦過後什麼都不記得的心服用本文。

03. 學長

颯彌亞．伊沐洛．巴瑟蘭，十七歲。

父親亞那瑟恩．伊沐洛原本是一位頂頂有名的設計師，跨足好幾個不同領域的設計圈並擁有一支超強的團隊，凡由他手上設計出來的東西都帶有極強的獨特風格與精緻特別的巧思，受到各階層人士熱烈喜愛，想找他工作要等待的時間是以「年」爲計，更可怕的是，他的客戶都願意等，足見影響力與地位。

但聽說有一天他突然感悟到神的指示，把團隊交給他培養出來的接班人，遠離塵囂，在城市的一小角與兩位摯友一起開間小巧的小餐館，並因此滿足身心，全家就此安頓了下來，幸福美滿。

等到颯彌亞長大一點、懂事後，某一天詢問了父親的兩位至交好友，同時也是餐廳的另兩位老闆，他們是這樣回答孩子的——

老闆一：「亞那有一天蹺班逃到這裡，可能頭撞到突然想開餐廳，就說什麼我們需要一個祕密基地，他要開一家店讓我們可以在這邊一起蹺班休息吃飯。但是我怕他的黑暗料理毒死客人，得常常去警局保人，所以才投資，監管食物正不正常。」

老闆二：「也滿有趣的不是嗎，我就也投資點了。不過他原本得力的團隊第二負責人可就慘了，你眞該看看當年我們幫他們拍的錄影畫面，老闆突然不幹了要去開餐廳，把合約和資金丟到整個團隊頭上說送他們，核心團隊成員差點哭到集體上吊，有夠精彩。」

母親說的就更簡單了：「你爸本來就不喜歡天天轉緊螺絲工作，終於自爆了而已。」

喔，他的母親是位率性隨意的藝術家，擁有一批愛好她創作的粉絲與客源，累積作品後每隔一陣子會開個展，當不那麼忙碌時就會在餐廳客串櫃台，陪著父親一起工作，兩人經常因閃瞎別人的狗眼而被「請」出餐廳。

於是他幾乎就是在父母的餐廳與工作室裡長大，當然也在自家餐廳裡打工賺零用錢，偶爾父親要端出有毒料理、另外兩位能阻止他的老闆和母親不在時，他還必須肩負起擋住父親的重責大任——畢竟父親外貌太天眞無辜可憐脆弱了，還有某種奇怪的蠱惑性，就算端出一整盤炭一樣的謎樣物體，客人們還是會笑著塞進嘴裡並掏錢。

成長過程中，他必須制止不知道自己會殺人的父親還有願意被毒死的客人們，從小開始個性就比同齡還要成熟與強硬，不然無法和客人奪食，爲了不讓客人死還得跟他們說這東西就算付錢了也不能吃的道理。

然而被狐狸精魅惑的客人們不講道理。

他的身手和反應也就這樣跟著越練越好了。

他就是不明白，父親能夠好好地做出精美可口的甜點，也拿到了甜點相關的各種執照，更是店裡兩位招牌甜點師傅之一，但要做正餐時爲什麼就可以變成在做通往冥府的魔性東西。他自己因工作原因兩種都有涉獵，並不覺得差異程度有這麼大啊！

「不要深思會比較好。」同樣思考這問題不知道多少年的老闆一這樣安慰他。「你越思考亞那是什麼東西，就越不知道他是什麼東西。」

他覺得，父親的朋友果然是父親的朋友，講得眞有道理。

升高二開學的第一天，因爲前一晚在解決餐廳裡騷擾員工的流氓客人，所以他稍微睡晚了點，沒趕上清早比較少人的公車，只能搭尖峰時間的班次。

本來已經很煩躁了，沒想到在擁擠的人潮裡，有個不長眼的混帳把爪子伸到他的屁股上，當場他抓住色狼把人拖下公車揍了一頓，沒料到色狼還敢還手，他就乾脆把人揍趴，接著周圍看戲叫好的人才記得要打電話報警。

到學校還要解釋他不是和人尋仇打架，嘖。

更可惡的是他的好朋友還問他這學期會不會集滿十二次送一次，明明那傢伙自己上次搭車也被摸，他還把對方的手不小心扭斷，竟敢一臉自己沒發生過「看臉騷擾」的事故。

雖然想揍他，但不能揍，那傢伙身體狀況不好，可能打下去還要送去醫院，很麻煩。

說起來也好笑，兩人雖然從小開始就是非常好的朋友，但卻不是在學校認識的，而是在醫院裡。他們小時候身體都不怎麼樣，他自己本身是大病小病不斷，常常得累著父母大半夜送急診；他這好朋友竟然也是這種虛弱體質，離婚的母親經常焦急地把他揹到醫院。

就這樣因緣際會，某天兩人住在同一間病房打點滴，半夜睡不著大眼瞪小眼，聊著聊著就熟了起來。小孩子小時候不懂事，一個發燒感冒就覺得自己要死了，有天兩人躺著躺著覺得命不久矣，趁著大人們都不在，偷偷約定如果誰真的去當小天使了，沒去的那個人要幫忙看好對方的家人。

幸好隨著時間長大，那種幼兒容易破病的體質才慢慢好起來，現在兩人都健康不少。

只是他這個朋友偶爾還是會不時小感冒，比他更麻煩。

本以爲這天的霉運已經結束，沒想到開學日提早下課，才剛離開校門、想去店裡看看，就遇到上學期畢業前示愛不成被他打成豬頭的傢伙回來報復，而且還帶人來堵場子，於是他又花了一番工夫再把這些人一個個打倒在地，讓他們爲自己的所作所爲反省。

雖然不是他的錯，不過校方最後還是打電話通知家長，他在笑得半死的朋友目送下被趕來的父親拖去醫院包紮。

一邊聽著醫生的碎碎唸，他一邊想著今天的衰運應該就此結束了吧。

然而並沒有。

畢業季過後，他們餐廳一些工讀生和員工因爲畢業或是轉換跑道的因素前後不少人離職，所以人手有點吃緊，有些其他時段的員工會好心加班來暫時補充不足。

雖是這樣，但晚間收到原本應該來上工的新人一封放鴿子的簡訊後，他又開始想搥人了。

這年頭的應徵者很詭異，自己都搞不清楚自己想不想做就跑來應徵，眞的通知來上班後又各種理由臨時放鳥，搞得他們再次人手吃緊，他只能先往餐廳趕然後打了幾通電話聯繫看看有沒有人能夠先來幫忙。

沒想到進了餐廳後才發現最忙碌的尖峰時段有個陌生男孩塡補了人手。

而且還差一點被奧客砸到。

後來釐清對方身分後，居然還是同校的學弟，米可蕥的朋友，今天約了要來吃晚餐的，沒想到陰錯陽差被當成新的工讀生使役了一小段時間。

幸好對方沒有追究的意思。

「欸，那個小孩不錯。」

接近下班，點餐時間已過，負責夜晚餐點的主廚希克斯把給大家的慰勞宵夜推到出餐口，然後開始整理起廚房；另一位大廚是老闆之一，因爲本身有其他事務所以過了尖峰期就先離開，完美躲避關店整理。

「漾漾很可愛的！喵喵今天給全班都發優惠券了，沒想到漾漾會眞的跑來。」正在收鍋子的米可蕥回過頭，因人手不足，所以早該下班的她偷偷又溜回來幫忙，順便一起收拾。「不知道他會不會來打工呢。」如果同班同學一起工作，一定會很有趣，以後大家就可以一起上學，一起下課來打工。

「不過這樣還是人手不夠呢，先前請長假的人也還沒回來。」庚把餐點端出去後，走過來幫忙整理些零散物品，然後看著凶悍的夜組主廚。「如果上次應徵的工讀生不要被希克斯嚇跑就好了。」

他們晚上的主廚雖然煮得一手好菜，但個性凶外貌也凶，而且還非常高大，一般成年男性放到他面前活生生顯得很嬌小，給人壓迫感超強，硬是嚇走不少應聘者，致使來應徵的人雖然多，然而跑掉的也不少。

雖然主廚很可怕，廚藝卻是一等一的，尤其深受婆婆媽媽喜愛，配餐不但健康營養還很好吃，幾乎是色香味俱全，每到傍晚用餐時間不管是內用或外帶，塞滿了大小家庭等候，爲此還特地開發了該時段才有的限時家庭菜單，八點一過就不提供。

「是老子的錯嗎？膽子那麼小還敢來應徵啊！而且一堆都是衝著臉來應徵的，這種人淘汰就算了。」希克斯呸了聲，朝走過來的少年揮了下手。「老子說的沒錯吧，冰炎。」

「嗯，沒有心思工作的人不需要。」正好走過來要交代事情的颯彌亞點點頭，見其他人差不多整理完畢，宵夜也快吃乾淨了，便開口：「你們可以先下班了，等等有個應徵的人要來，我父親要我面試一下，我鎖門就好。」

「哎，這個時間？」庚看了看手錶。營業時間結束都已經晚間十點了，收拾完都快深夜。

「怎麼這麼晚？」

「老子留下來陪你吧，別忘記你自己也未成年啊。」希克斯爽快打斷其他想要留下來的正職同事們：「你們這些小鬼早點回去寫功課休息睡覺，女生也不要太晚走夜路，快回去美容保養。」

「那我送喵喵回去吧。」庚接受了傳說中暴躁主廚的好意。

把剩下的人趕回家後，希克斯看了眼正把現金零錢點算整理好、放進保險箱的少年。有時候當老闆那幾個人沒有特別處理事務時，店內重要的大小決策其實是壓在這個小小的高中生身上，大概是因為他太可靠又腦子好，那些管理層的傢伙們居然也不擔心出問題，讓這個小孩幾乎快等同於另一位能夠快速決定店裡事務的管理層，而且還比那些不可靠的老闆們認真太多。

「你傷沒事吧？」特意又煮了點暖胃的熱湯過來，希克斯歪著腦袋，好奇地盯著對方手上的繃帶。

不知道是外貌因素還是個性使然，他們也滿習慣這個老闆的兒子三天兩頭打架回來，武力值日漸增長；店裡有時候遇到奧客鬧事或砸店都是這少年直接出面，反正他自己不怕被老闆開除，幾乎完全無視那些怒罵恫嚇，算是很神奇的存在。

「小混混而已。」嫌惡地看了眼繃帶，少年不以為然地冷哼。用各種理由想找他麻煩的人多得是，他可不會乖乖地坐以待斃。退一萬步來說，先惹事的都不是他，那些人捱揍剛好。

盯著男孩習以為常的動作，希克斯不管看幾次還是覺得很神奇。這小子長得和他父親幾乎快一模一樣，不知道是哪種見鬼的基因讓他們天生都是這麼優秀的臉，然而同一張臉下面卻是南轅北轍的兩種性格，都不知道該說是長歪還是教育哪裡出問題。

不過說實在話，如果和老闆那種表面上看不出來的隱藏性炸彈相比，希克斯覺得男孩的一根筋可能比較對自己胃口一點。

至少這小子不會試圖用暗黑料理殺人。

「對了，來面試的到底啥鬼，幹嘛挑這種時間。」希克斯瞄了眼顯示越來越晚的時鐘指針，突然覺得面試者很麻煩。反正今天他們被一個預計該來的工讀放鴿子，那也可以放面試的鴿子啊。

「喔，他剛下課，趕過來會晚一點。」男孩看著父親傳來的資料，偏頭稍微想了想。「今天真不知道什麼日子，湊巧的事情全發生在一起。」其實光看資料他就知道這名工讀是絕對可以錄取的，對方並不是衝著餐廳裡的高顏值，而是會好好工作的那種人。應該可以叫對方不用趕過來，讓他直接準備好上工就行了。

然而按照那人的個性，可能還是得走個過場，他肯定不喜歡有點走後門的方式，雖然老闆們照樣丟包，把面試的工作交給他處理就是。

歪過腦袋往對方手上的資料一看，希克斯有點訝異地開口：「這不是那個……」

「對。」少年點點頭，剛收到時他也有點驚訝，就是沒想到會全都撞在今天。

「有趣了。」主廚突然一掃剛才的不耐煩，決定等著未來看好戲。

就在指針再次往前移動一格後，餐廳門扉輕輕被推動，略帶自信的年輕嗓音隨之傳來——

「您好，我是預約面試工讀生的人。」

04. 一起打工

米可蕥，十六歲，原校直升學生。

家族從事醫療行業，從看診間到停屍間一條龍，幾乎相關產業都包，偌大的家族中或多或少都有投資經營者。雖然自己家不是董事高層，不過有家族便有人情，在相關工作混口飯吃仍然是挺方便的，於是少女家比一般家庭稍微富裕，從小生活在相對無憂的環境裡，性格相當開朗且愛照顧人，加上外貌甜美可愛，有著讓人無法拒絕的明媚大眼，同輩間非常受歡迎。

某天少女返家後，突然就說自己想去打工，本著多體驗社會人生不是壞事，而且女兒也喜歡做食物可以好好學習的想法，以保證不影響課業爲前提，家長很爽快地同意。就這樣做著做著，原本只是一般工讀，短時間內獲主廚肯定後快速晉升成廚房副手，雖然依然是工讀身分，不過薪水按廚房人員計算，提高不少。

雖然一開始是因爲看見喜歡的學長在餐廳內工作才興起打工的念頭，不過少女現在是眞心喜歡這份工作，喜歡到主動向餐廳拿取了大量優惠券，開學第一天向全班同學推廣，希望大家都能知道他們的餐廳有多棒。

然而沒想到眞的有人第一天就來光顧了，而且還臨時客串了工讀生。

「所以漾漾你眞的可以打工嗎！」

事發過後的第二天，米可蕥聽見對方的回覆，喜出望外地拉著很老實的新同學，開開心心地說：「那我們今天就可以一起放學去餐廳了！你可以喊我喵喵，大家都這樣叫，我也喊你漾漾，聽起來很可愛對吧！」

無視男孩臉上明顯浮出「我哪裡可愛」這樣的表情，米可蕥愉悅地快速先把這件事發了訊息給學長，爲了不讓男孩反悔，直接拉著對方塡好員工基本資料，一併發給學長和老闆各一份。昨天大家對他印象都不錯，會計姊姊也很喜歡他，如果這位同學思考過後不想打工，他們會很失望的！

要知道員工們好看歸好看，但性格奇怪的人太多了，看久了還是會有點審美疲勞，這時候有個很可愛又單純老實的同學在，就讓人有種被治癒的感覺，整個就是很棒。

「呃，我媽是說可以，不過下班要趕快回家不要亂跑就是。」褚冥漾乖乖地塡好資料，這時才突然驚覺自己沒有問清楚薪水和其他細項，眞的因爲美色、美食莫名把自己賣了。不過想想自己可能會帶去更多狀況，搞不好薪水還不夠賠……一想到這樣，突然覺得有點錢途無光，但都已經答應人家了，也不能馬上就反悔，而且他其實眞的很想試試打工，體驗不同的人生。

畢竟都換了新環境、新同學，是該改變一下過往有點消極的生活了。

「那喵喵先告訴你餐廳的基本守則和底薪、福利。」趁著早自習還沒開始，米可蕥簡單介紹了餐廳。「我們餐廳分爲日組和夜組，一共有三位老闆。」

「……合資嗎？」三位也太多。褚冥漾默默在心中想著。

「對的，主要的老闆叫作亞那瑟恩，是日組的甜點師，下午兩點到四點半有下午茶時間，那個時段不供主餐，但是有午茶菜單，是老闆和另外一位甜點師一起負責的。日組的主廚與內外場們這時段會稍微輪替休息，日組的工讀生比較多是大學生，漾漾如果有機會支援假日班可能會遇到喔。」米可蕥停頓了下，繼續簡單地介紹白天的同事們：「漾漾昨天去過二樓了，那是白天的用餐區，也稱『晝食區』。」

被對方這麼一提點，褚冥漾立刻恍然大悟爲什麼那家餐廳上下兩樓風格會差異這麼大，原來店名還有這種含意，除了日夜組分開以外，連座位區都有分別，難怪名字叫循環。

那麼夜晚的用餐位置顯然就是一樓，還有下面的地下一樓，外面花園座位可能是日夜共用的，花園的布置風格差異性比較不那麼強烈。

「不過如果人眞的爆炸多或是熟客有需求，兩邊的座位還是會交互開放啦。」少女笑笑地說：「只是最近人手不足，所以有控制來客量，不會眞的爆炸多。」

想想昨天的狀況，褚冥漾了解地點點頭，他們確實忙到都想跟路過的貓借爪子了。

「那接下來就是我們打工的夜組，這幾天應該會先有人帶你員工訓練。晚上有另外兩位老闆，其中一位出遠門了可能要過幾天才會見到，另外一位有自己的工作，店內尖峰時段會來，過了用餐時段就跑了。夜組主廚是希克斯，你昨天見過。」見少年點頭，米可蕥把名字寫給他看。「還有一位調酒師，和幾位正職內外場，奴勒麗和庚庚都是外場，如果有不懂的可以問庚庚，對生命比較安全。」

「？」對生命比較安全是什麼形容詞？褚冥漾突然燃起了某種不吉利的預感，彷彿會出什麼怪事一樣。

「工讀組主要是支援外場尖峰時段的工作，我們是高中打工所以下課馬上過去，直到八點就可以下班了，時間很短很短。如果漾漾有意願的話可以加選假日班，假日的日組是上午十一點到兩點，夜組是五點到八點，假日薪水比較高喔。」說了一下幾個時段的薪水，米可蕥笑吟吟地看著對方。「喵喵假日會去日組，午茶留下來學習和幫忙，很有趣喔。」

褚冥漾想想，似乎自己可以考慮多個假日班，反正自己假日也沒有要去哪裡，日組假日似乎是比較好的選擇，下班後還有下午時間可以去逛逛，要去聚會或看電影什麼的也方便。「假日班的部分我再回去問家人。」

「沒關係，不用急著現在決定，漾漾可以先來做幾天試試，再考慮假日班喔。」

「好。」褚冥漾再次點頭。的確還是得先去試做才知道狀況，雖然員工們顏值很高、東西也很好吃，但如果實際做不符合自己想要的環境，那也是白講。

「喔對了，如果你有工作上的問題或是其他需求，可以直接找學長，學長是日組老闆的兒子，能夠直接在店內做決定，比找三位不負責任的老闆們還快喔。」米可蕥微笑地拉低老闆們在新任工讀生心中的印象。

「呃，好。」沒見過老闆們所以褚冥漾也無法得知爲什麼三位老闆都不負責任，聽起來好像哪裡怪怪的！而且那位學長才大他們一歲不是嗎？直接幫老闆們做決定是啥狀況？三位老闆把經營工作都丟在高中生頭上嗎？

好像不太對吧？

✕

「褚冥漾在哪？」

午休時間，米可蕥剛拿了自己的便當，抬頭就看見學長直接來到他們班上喊她詢問，整個人驚喜地馬上迎過去回答對方問題：「漾漾是值日生去幫老師放東西了，學長吃飯了嗎？」其實這句有點廢話了，因爲她也是剛拿了便當，所以顯然學長什麼都沒吃就直接過來找人。

果然對方搖搖頭，說道：「我等等去夏碎那邊吃，學生會還有很多事情要處理，先過來找褚冥漾確認點事情。」

兩人才剛說了幾句，被討論的主角就從走廊樓梯那端緩緩走上來，恰好碰個正著。

米可蕥看見同班同學眼睛一亮，立刻知道自己感覺沒錯，新同學果然也是顏値愛好者，看來他們往後會相處得很愉快，還能組一個學長後援會，之後可以開始吸收粉絲壯大餐廳教了。

大概是覺得端餐盒站在走廊很擋路，學長轉頭找了位正好在附近的老師，居然就這樣借了個旁邊的空教室使用。

三人換了安靜的空間後，米可蕥毫不客氣地在桌上擺開自己精緻的便當盒，滿滿三層精緻的菜色飄出香氣，她很諂媚地推到學長與新同學面前，招呼兩人一起吃，附加上一個正在思考新菜色請兩人嚐嚐味道再告訴她感想的請託。這種時候學長通常不會刻意刁難人，果然就半推半就地嚐了點蔬菜捲。

褚冥漾看了看，小心翼翼地推出母親幫自己做的愛心便當作爲分享。

「剛開學我學校的事務也有點忙，今天可能會晚點去餐廳，我已經聯絡好庚，到時候庚會負責幫你做員工訓練。」學長很快進入公事公辦的模式，拿出自己準備好的公文夾遞給戰戰兢兢的學弟。「米可蕥應該已經告訴過你簡單的餐廳狀況，工讀時段短，工作比較簡單，你不用太擔心，如果遇到有人鬧事可以直接找我，老闆在的話找老闆，眞的都不在就找希克斯。」

「……學長你們最強戰力都在廚房嗎？」少年有點呆滯地反射性詢問。

米可蕥差點笑出來，連忙呑進一塊南瓜凍。

仔細想想，不算學長的話，確實夜組的戰力都在廚房，物理性的那種戰力。就米可蕥知道的範圍，以前似乎眞的有差點被惡意砸店的狀況，當時在店內的希克斯直接一把剁刀甩在桌上，差點劈開那張桌子，當場把那群小混混嚇得逃出去。

坐在那邊的學長冷冷看著學弟，直到對方一臉尷尬地表示他閉腦了。

「公文夾裡有你的工作證，休息室的員工櫃幫你整理好了，可以直接刷證使用，平常進出員工區域也都一樣用這張，另外制服已經放在你櫃裡了，試用期完確定要留會發兩套，下班掛在公櫃，會有人收去統一清洗烘乾。店內有供晚餐，看你要下課吃還是下班吃，要吃什麼跟希克斯說一聲就行。」示意對方從公文夾裡找出員工卡片，身爲學長的少年代表自己的老闆父親說了幾句歡迎加入的話語和注意事項，之後又抽了幾張工讀表讓對方看過、理解，然後簽名同意，順便再填寫緊急聯絡人等等的資料。

老老實實聽完和補完資料，這時午休已經過去大半了。

米可蕥趕緊招呼兩人把餐點清空，之後才目送著學長忙碌地離去。

「唉，短暫的相處啊，眞可惜，如果午休可以休三個小時就好了。」收拾著餐盒，她不忘感慨一下。

「……？不可能有三小時的吧。」褚冥漾看著自己的同學，雖然覺得對方還是與昨天一樣可愛得讓人驚艷，不過總感覺好像哪邊有奇怪的變化了呢。

「那只是個比方啦，喵喵好想再跟學長多聊一會兒。」拍拍「戰友」的肩膀，米可蕥可惜地看著已經沒人的教室門口。「今天之後，我們就可以一起打工了呢！」

「嗯，請多多指教。」男孩臉有點發紅地誠懇說道。

「還可以一起組後援會！推廣學長美貌，之後就能參加縣市菁英十校看臉大賽，這次一定要說動學長參加，這樣我們就能幹掉另外九校那些草包！讓學長名副其實地拿下年度不是正常人的帥哥第一名！」米可蕥用力一握拳，信心滿滿。

「等等，那是什麼奇怪的比賽。」褚冥漾突然覺得跟不上話題。

「就是一個看臉的比賽，每年都有超級多不帶腦的草包參加，喵喵看不過去很久了！」少女燃起鬥志。「以爲用一張臉就可以拿第一嗎，錯！不能只有臉，也要有其他的地方才行啊！」

……人家就說是看臉比賽了。

一邊的少年有點無言。

「妳也可以參加啊。」褚冥漾誠懇說道。雖然不是像學長那種具有攻擊性的美貌，但是米可蕥俏麗可愛，還是可以壓下很多人的。

「漾漾你不懂，喵喵是賞花的那種人，跳下去和花搶奪日光是不好的行爲。」握著一臉問號的少年戰友的手腕，米可蕥直勾勾地看著對方，爲對方開啓通往欣賞學長之路。「身爲粉絲，我們該做的是默默守護，必要時候再推一把，讓其他的雜草不礙眼。」

「我連妳的話都不懂了。」褚冥漾一臉呆滯。

「不懂沒關係，從今以後我們一起工作就是戰友了，負責說動學長參加比賽的任務就交給漾漾了，你們都在外場，加油喔！」米可蕥熱血沸騰地說道。果然有志同道合的朋友就是好啊，有很大機會可以一起享受奮鬥過程了！

「欸不是，等等，我會死吧！」雖然還是聽不懂對方的意思，但是後面的話倒是懂了。褚冥漾瞬間驚覺自己突然被附加什麼可怕的任務，感受到壽命好像縮短了點，下意識有種莫名要面對野獸的恐怖感。

「不會的，要相信自己的生命很堅韌。」米可蕥回以燦爛的笑容。

「……」

現在後悔打工來得及嗎？

少年如是想。

《晝夜循環》未完待續

○晝夜循環小劇場○

腳本／護玄

繪／紅麟

主廚（一）

希克斯，夜組主廚，資歷兩年。
二號桌好了！
還有還有！
擅長各種中西料理

性格有點暴躁，但因為手藝很好，受到大家尊敬。
菜做好了，快點端出去！
冷了就把你燉了

但說到他的來歷……
聽說是落難殺手
不不聽說是黑道老大退隱
我聽說是臥底警察
不是黑心商人嗎？

所以到底是什麼？
你猜啊～
來歷成謎

主廚（二）

就這樣成了夜組主廚

學長

颯彌亞，綽號：冰炎，十七歲，高二。外場。
老闆獨子，通常下課就會來幫忙。

外表很漂亮，是餐廳公認的門面招牌。
有大量的粉絲
快看快看！他好帥～
經常有人砸錢包場
帥哥耶！

然而一旦碰到類似這樣的事情……

剛剛用哪隻手摸的！
啊啊啊饒命！
我錯了！
個性凶暴也是公認的

記憶力

非人類的瞬間記憶力

老闆

非點心提供時段須高度警戒注意

迷惑力

一個不注意就會增加亡魂

TO BE CONTINUED ★

作者／護玄
插畫／紅麟
出版社／蓋亞文化有限公司
地址◎ 台北市103承德路二段75巷35號1樓
電話◎（02）25585438　傳真◎（02）25585439
部落格◎ gaeabooks.pixnet.net/blog
臉書◎ www.facebook.com/Gaeabooks
電子信箱◎ gaea@gaeabooks.com.tw
郵撥帳號◎ 19769541　戶名：蓋亞文化有限公司
法律顧問／宇達經貿法律事務所
出版／2021年1月
Printed in Taiwan

GAEA

GAEA

Gaea

THE UNIQUE LEGEND

vol. 02

特殊傳說 III

護玄——著

特殊傳說 III

vol. 02

目錄

特殊傳說 III

THE UNIQUE LEGEND 人物介紹

姓名：褚冥漾（漾漾）
種族：妖師
班級：高中三年級C部
個性：平時有些被動，但堅毅善良。對各種事物很常在腦內吐槽。
喜好：好吃的食物
身分：凡斯先天力量繼承者

姓名：颯彌亞．伊沐洛．巴瑟蘭（冰炎）
種族：精靈、獸王族混血
班級：大學一年級A部
個性：凶暴、謹慎。
喜好：書、睡
身分：黑袍、冰牙族三王子獨子

姓名：米納斯妲利亞
種族：？
個性：冷靜睿智，在守護主人上極具耐心與溫柔。
喜好：教化另一個幻武兵器
身分：褚冥漾的幻武兵器之一

姓名：希克斯洛利西（魔龍）
種族：妖魔
個性：直爽嘴賤，喜歡有趣的人事物。
喜好：？
身分：褚冥漾的幻武兵器之一

Atlantis學院

其他

姓名：雪野千冬歲
種族：人類
班級：高中三年級C部
個性：有點自傲，只對自己承認的人友善。
喜好：書、朋友、哥哥
身分：情報班

姓名：萊恩・史凱爾
種族：人類
班級：高中三年級C部
個性：性格沉穩，日常瑣事上很隨意。
喜好：飯糰、飯糰、飯糰
身分：白袍

姓名：藥師寺夏碎
種族：人類
班級：大學一年級A部
個性：溫柔鄰家大哥哥，但其實個性淡泊，不太喜歡與人深交。
喜好：養小亭、研究術法與茶水點心
身分：紫袍

姓名：西瑞・羅耶伊亞（五色雞頭）
種族：獸王族
班級：高中三年級C部
個性：爽朗、自我中心，一根筋通到底。
喜好：打架、各種鄉土戲劇與影片
身分：殺手一族

姓名：米可蕥（喵喵）
種族：鳳凰族
班級：高中三年級C部
個性：善良體貼，人緣極佳。
喜好：喜歡學長、烹飪、小動物，以及很多朋友。
身分：醫療班

姓名：哈維恩
種族：夜妖精
班級：聯研部 第三年
個性：嚴肅，對忠誠的事物認真負責，厭惡腦殘白色種族。
喜好：術法研究、學習
身分：沉默森林菁英武士

姓名：式青（色馬）
種族：獨角獸
個性：美人希望是怎樣就怎樣！
喜好：大美人小美人
身分：孤島遺民

姓名：殊那律恩
種族：鬼族
個性：安靜少言，偶爾會隨意地捉弄人。
喜好：術法鑽研
身分：獄界鬼王

姓名：深
種族：無
個性：沉穩，堅毅寡言。
喜好：百靈鳥、黑王、毀滅世界
身分：陰影

姓名：褚冥玥
種族：妖師
班級：七陵學院附屬假日研修生
個性：冷靜幹練，氣勢強悍。
喜好：逛街、漂亮的飾品
身分：凡斯後天能力繼承者、紫袍巡司

第一話　重返地下

叩叩……

叩……

昏沉無夢，從一片黑暗中緩緩恢復意識時，首先聽見的是外頭隱隱約約的敲叩聲響。

叩、叩、叩叩叩、叩叩叩叩、叩叩。

……還敲出了熟悉的節奏感。

我掙扎幾下，終於打開沉重的眼皮，昏暗的光線中第一眼就看見頂在玻璃上的鳥嘴，可能也發現我醒了，站在另一端的鳥姿態優雅地微抬起頭，藍色的眼睛和我對上，接著發出連串優美的音樂聲音。

「啊……等等，等我一下……」搖著幾百公斤重的腦袋，我翻過身甩甩頭，發現暈眩沒有我想像中嚴重，全身上下反而有一種說不上來的清爽舒服，看來在失去意識這段時間被人非常妥善照顧過了，精神完全恢復，身上連一小塊瘀青都沒有，醫療班眞的有夠偉大。

不過現在先不說醫療班，我從床上爬起來才發現窗外站了好幾隻白色大鳥，背景是還沒完全天亮的暗藍色天空，可能是清晨四、五點左右，領頭的晴空鳥歪著腦袋脾氣很好地等我從床上掙扎爬起。

「麻煩你們稍等了，我去拿食物。」雖然不知道這艘船有沒有自助餐，不過袍級或海上組織肯定也要吃飯的，說是晴空鳥要吃的應該就更容易拿到食物。我想想，先把落地窗打開……我這時候才發現自己居然在間不小的船艙套房裡，有加大床、有小客廳，還有個陽台，陽台欄杆上站著六、七隻晴空鳥，領頭的是敲我窗戶的那隻，翅膀果然與其他同伴不同，有半透明的淡金色雲紋，和我以前遇到過的晴空鳥團體很類似，不過是不同的早餐團。

白色大鳥看我打開落地窗，很悠閒自得地直接跳進來，舉止優雅地往沙發上一蹲，舒服得半瞇起眼睛。

接著跟在後面也有兩、三隻跳進室內，而且還帶著某種東西掉在地板上，發出啪啪啪的聲音。

我低頭一看，看到陽台前被丟了好幾條手臂長的魚，金色的，帶水的魚鱗閃閃發光……這個早餐團居然還自備食材！

看著被牠們越丟越多的金色活魚，我連忙走向房門，打算隨便找個袍級說明狀況找食物，沒想到一打開門，和正要進來的哈維恩撞個正著。

夜妖精愣了下，幸虧他反應比我還快，直接側身退後一步，手上的餐點才沒有打翻。

「我要很多、很多的早餐。」我接過哈維恩手上的托盤，側身讓他看房間裡面的狀況，夜妖精馬上理解，轉身消失在走廊盡頭。

沒多久就來了一批人端來各式各樣的早餐，中式日式西式都有，那些金色活魚也被他們收走，一會兒各種魚類料理陸續往房間送來，清蒸紅燒乾煎煮湯都有，十幾種不重複的料理手法呈現極高誠意。

我小心翼翼地邀請這群晴空鳥一起用餐，白色大鳥果然音樂般地鳴了幾聲，儀態優雅地享用起早餐，後方的晴空鳥也跟著開始吃飯。

不知道是不是食物充足，陸續又來了幾隻晴空鳥，房間、陽台裡裡外外算起來，最後一共有十五、六隻，而且在首領鳥的示意下，我和哈維恩也陪牠們一起坐下來吃飯。航行在海上，不管袍級還是海上組織都很明白晴空鳥的地位，所以沒人多問句什麼，餐點毫不手軟地不停放送，直到每隻鳥都徹底吃飽，跳出房間整理翅膀羽毛。

領首的雲紋晴空鳥在沙發上順毛，低鳴了幾個好聽的聲音。我不懂鳥語，不過牠的反應看起來不像在嫌早餐難吃。

「請稍等一會兒。」站在旁邊的哈維恩突然開口：「你們的同伴正在往這邊過來。」

同伴？

沒反應過來哈維恩的意思，很快地，房間外面已有人走進來。

一看，是黎沚，手上還抱著一隻晴空鳥。

我這時候才意識到這隻晴空鳥是我們在海上長廊救回來、被永恆術法冷凍的那隻，現在對方明顯已經解凍，而且精神很好，看見自己的同族就發出連串溫柔的水晶音樂，雲紋的首領鳥也馬上友善回應，來回幾次，黑袍手上的晴空鳥便張開翅膀，飛往自己的同類旁邊，然後回過頭對著我們也叮叮噹噹地鳴叫了幾聲。

「不用道謝啦，有空再來玩喔。」似乎能聽懂牠們溝通的黎沚露出大大笑容，接著想了一會兒，又開口：「請將這邊的事情傳給晚上的霸主們，我想近期這片海域應該不會平靜了，大海沉寂近萬年，現在開啟路徑就表示未來有所變動，孤島裡尚有蠢蠢欲動的異靈，災厄或許還未結束。」

晴空鳥又鳴叫了幾聲，接著紛紛展開翅膀往藍天方向離開。

那隻被我們從孤島帶出來的晴空鳥深深環顧我們一眼，讓我有種錯覺，牠好像是想用力地把在場人記住，深深地放入牠的記憶裡，隨後牠也張開雙翅，瀟灑地跟著同伴們飛向天際了。

來訪的晴空鳥一離開，在外協助供餐和整頓的人員們將房內快速整理後立即撤走，沒有多說什麼，很快就只剩下我、哈維恩和黎沚三人。

「眞是有點熱鬧的早晨啊。」黎沚抬起手，輕輕地轉動手腕，清涼的微風掃過室內，將最後一絲食物遺留的氣味捲出，只餘下乾淨的氣息。「我就知道今早晴空鳥們得到消息，會來找回夥伴。」

「其他人都還好嗎？」我邀請黎沚先坐下，本來想倒杯茶給他，不過才一動，哈維恩立刻走去房間的小吧台煮茶水，十足自動，很快便端上香氣撲鼻的三杯紅茶。我已經不知道第幾次感嘆好像有時間應該要幫他找個好婆家了，這夜妖精家事越做越順手，有夠可怕。

「有些甦醒的幻獸聽到倖存者們還在人世，急著要走，所以式青帶著部分清醒的永凍者們先行離開。其他人的話可以放心，這次我們帶來的都是前線醫療班，這兩天好好休息就不會有問題，包括哈維恩也不會有筋骨痠痛的後遺症喔。」黎沚露出友善的笑容，繼續說道：「不過夏碎可能得特別注意，畢竟被邪神碎片盯上，最好是別再觸碰到相關的事情，稍後我們打算深入祭壇處，徹底封鎖那個古老祭所，避免再度被邪惡利用。」

根據黎沚的解釋，那個邪神祭壇果然就和我們之前猜的差不多，原本是打算用在當年孤島戰爭上，不過被當時島民強硬地砸入不同維度的空間裡，及時制住祭壇啓動，否則當年的死傷可能更加慘重，不可能會有散落在外的倖存者。

後來祭壇因緣際會下被黑術師發現並佔據，幸好上頭的封印夠牢固，致使黑術師搞了漫長的時間，才弄出一點碎片，沒有把整個邪神呼喚到守世界裡。

後來公會得到這邊的消息，派出大量前線作戰袍級，已經把正想離開的黑術師和在外面亂竄的小灰影扣下來，祭壇也暫時穩定住，幾隻食魂死靈都在第一時間銷毀，也算是在釀災之前根除潛在的危機了。

另外，我們雖然在孤島裡只待了約莫一天多的時間，不過外面已經過了七天，也就是說我再次逃課一個禮拜。

聽到這件事的時候我再次深深感受到人生眞難，幸好還沒錯過千冬歲的邀請函時間……啊，還得接受回去之後千冬歲的訊問，他哥這次又出包，感覺他可能又要精神緊張了。

我決定先逃避現實好了，等遇到千冬歲再用學長模式處理，與其讓他們來找我這個無辜者，不如讓他們集中精神去處理當事人，完美！

所以說這年頭果然要好好推行「自己造的孽自己負責」，多棒。

盤算好之後，我回過神，接續剛剛的話題：「我們可以一起去看看邪神祭壇嗎？」既然公會已經接手那個地方，那目前應該沒有太大的危險，我總覺得那個黑術師給我的感覺很不對勁，還是想要自己再去看一次，會比較安心。

「也不是不行啦。」黎沚想了半晌，並沒有阻止我，反而回答：「既然你是關係者，那我擔保你進去吧，趁年輕多看看總是好的。」

「謝謝老師。」我趕緊狗腿地感謝黎沚。

「不用謝啦，除了身為老師支持你們多砸……不是，多閱覽各種不同的遺跡，在羽族方面也是欠了你們人情。」說到這邊，黎沚一反剛剛悠閒的表情，變得很嚴肅：「小流越是月守眾最後的血脈了，羽族一直以為這支血脈已徹底斷絕，沒想到還有人存活，光這點就足夠擔保你們走這一趟了。」

「月守眾？」我還是第一次聽到羽族有別的稱呼，不由得好奇起來。

「嗯，雖然對外統一稱為羽族或翼族，不過其實根據家族和棲息地不同，還是有分別的，只是我們向來不刻意說明，外界分不出來區別。」黎沚停頓了下，繼續道：「當年帶領家族到瑟菲雅格上的是月守眾最後一支夜行血脈，月守眾擅長守護術法，從人至島他們都能獨立規劃防禦結界，是數一數二在防守上特別有研究的羽族，也是因為這樣，在戰爭時期常成為首當其衝、被邪惡擊殺的目標，漸漸凋零。」

剩下的事情我也知道了，雖然和其他種族一起建立起孤島這個世外桃源，想要避世延續血脈的月守眾恐怕最後還是無法忍受讓外界同族們獨自面臨大戰，帶領自己族人和孤島的種族去支援，進而埋下後來被屠滅的因果。

現在想想，我大概可以理解流越爲什麼死都不想離開孤島，如果眞的要追究，孤島被屠殺的根本原因就是在於他們離島去幫助外界，後來才會被盯上、曝光，很可能就是這樣月守眾才會愧疚死守。

其實也不能全然怪罪他們，畢竟那是個戰爭年代，即使今天他們不出戰，改日邪惡照樣會盯上那片世外淨土，只是時間的早與晚。

「哎不對，幻獸們現在住的地方還有羽族啊，那些不是月守眾嗎？」我突然想起雲海島還是羽族重新幫忙蓋出來的。

「不是喔，當時瑟菲雅格的羽族是月守眾帶領沒錯，但裡面有一小部分是外系同族，月守眾基本上在那場戰爭裡面全沒了，僅剩逃出來的那幾名都不是他們家族的。」黎沚遺憾地嘆了口氣，吐露出如果當年能再多點人逃出來就好了的感慨：「月守眾最輝煌的時期，曾經三位大祭司聯手支撐守護術法擋下當時的魔王軍團，將魔王軍堵在空間門戶出不來，直到各地援軍到達，奇蹟似地挽救局勢，可惜當年盛況不再，如今竟然只剩下最後一人。」

然而所有的結果已經在幾千年前都底定、結束了，再怎樣悲嘆也無法讓時間倒流，孤島就是孤島，現在能做的只剩有朝一日淨化整座島嶼，讓那些犧牲者們入土為安，還給生者們一個念想。不過這些已經不是我能夠負責的範圍了，就看羽族們將會如何決定吧。

※

黎沚沒待很久，隨後因為要準備其他事務先離開了。

房間再次剩下我和……露出一臉指控表情的哈維恩。

深深吸了口氣，該來的還是要來，閻王要你三更死，只有學長才能衝破五更。

我知道這次是我的錯，不過當時情況緊急且他們都受重傷，我也只能先把哈維恩和其他人送出去，自己回頭逮流越，根本來不及通知對方。

夜妖精就坐在原位，什麼都不說，用委屈的眼神盯著我，應該是打算等我良心痛。

真想當個沒良心的人。

好吧，其實我當時就感到會被事後追究了，畢竟我的實力比對方弱，他會憂慮我的生死問題是正常的……也有可能不正常，太憂慮了，有點可怕。

「對不起。」我先老實地道歉，接著說出當時預計的想法：「不過我知道外面都是公會的人，所以我們馬上就會得到支援，其實危險性並不算很高。」不然我也沒那麼有種跳下飛狼，至少自殺前還會多考慮三秒。

「……我只希望您在處理突發狀況前可以多多少少告知我一句，或做個暗示，不是放了禁制術法就自己留下。」顯然已經被第二次控制行動搞得有點心靈陰影的哈維恩很嚴肅地瞪著我，彷彿下一秒要拿繩子上吊給我看。

「突、突發狀況我也來不及啊。」我一頭冷汗，爲啥我年紀輕輕就得進行各種活像虧待老婆的家變預演？該不會等等要去寫五千字懺悔吧？

哈維恩也不說話了，繼續散發他極強的怨念。

我決定下次去圖書館找看看有沒有「與同伴冷戰時友善溝通的一千金句」這種書好了。

看著氣頭上的夜妖精，我只能繼續多說幾次抱歉的話，然後答應對方下次就算突發狀況也要儘可能通知他之後，哈維恩的臉色才總算好了點。

說起來，我剛認識他的時候他不爽是直接一巴掌打過來，現在我無比懷念這個做法，因爲他不打人之後更難哄啊！被打痛一痛就算了，要哄對方超級難啊啊啊啊！腦細胞死了千萬隻，不過如果現在跟他商量以後還是用打的，我覺得我可能會變成一整天從早上被打到晚……畢竟我有時候搞不清楚他的怨念點在哪，可能我自己都沒感覺就會看到巴掌揮過來。

糾結。

莫名感受到全天下有對象或已婚人士的痛，爲什麼溝通這麼難？

總之，在哈維恩心情似乎好點後我們才開始商量正經事。

「祭壇下有什麼嗎？」哈維恩直接詢問我想去邪神祭壇的原因。

「就是有點在意……」

我的話還沒說完，旁邊突然竄出一大塊東西，仔細一看，是已經可以出來的魔龍，後者還哼哼了兩聲，明顯不爽幻武兵器被邪神碎片傷到的事情。

稍微感應幻武兵器的狀況，米納斯還是無法顯形，不過隱隱有回應沒事，我就放心了。

說起來，魔龍那時候下去祭壇下方探查，後來又發生一連串事情，都不知道他當時有沒有看見什麼。

果然，魔龍用看智障的表情瞥了我一眼，勉爲其難地打開金口：「下面當然有東西啊，問什麼廢話。」

「除了一堆骨頭以外有什麼比較特別的東西？」既然那裡是祭壇，又被黑術師用過，那下面便少不了屍體，我想了想，追加一句：「那個邪神又是什麼來頭？」

當年邪惡沒有成功把邪神召喚到這個世界，幾千年來這個邪神也眞沉得住氣，似乎到現在爲止我都還沒聽到其他人說過邪神的其他相關事件……除了上次我們遇到的石書和冰牙族那邊的，不過那又是另兩隻邪神了，而且明顯偏弱，被精靈打著玩，不像這次的小灰影，給人無法對付的窒息感。

顯然等級不同。

魔龍想了想，這次倒沒有先鄙視我們，直接回答：「不熟，本尊還在的時候那玩意根本是個渣，但看底下的碑文，應該是後來變成吞噬心靈的邪祟，數量多就吃到變成邪神，還有一票狂信眾供奉，已經是高等僞神。這玩意你們應該很棘手，本尊也得拿回本體才可以把他打著玩。」

「供奉那個東西有啥好處？」我皺起眉，那種邪神都有人供奉，怎麼沒人拜一下我們妖師？至少眞正能力強大的妖師還可以讓人中樂透啊！

「喔，根據記錄，那玩意會把自己吸來的力量分給信徒，還會實現他們的心願，讓那些狂信徒心甘情願幫他找更多好下手的地方建立祭壇，之後搭建通道召喚他到這個世界，他毀滅生靈之後又繼續把部分力量分給信徒。」大概是不想喊邪神爲神的魔龍懶洋洋地精簡了他看見的地底記錄，不以爲然地冷嗤了聲：「就是把生命力和絕望轉換成自己力量的廢物東西。」

「這廢物東西把我們身上的物品都破壞了。」我提醒了下魔龍，連幻武兵器都差點被封鎖掉，可見吸了上萬年的邪神還是不容小覷。

「那不就表示你們比他更廢物嗎？」魔龍挑起眉，用理所當然的語氣回我。

……

……

講得好像也沒錯，我無話可說。

仔細想想，扣掉冰牙族那個想要趁虛而入的邪神不說，第二個石板書的邪神也接觸過夏碎學長，他是特別受到邪神喜歡嗎？

第一次可以說衰，但是第二次？

這次還非常明顯，黑術師一開始盯上的就是他，打算把他獻祭。

總覺得哪裡不對，除了所謂的心裡有什麼問題以外，他是會散發香味的三藏法師嗎？該找時間跟千冬歲好好聊聊這些事情，他哥眞的該上一下項圈、打個晶片，幸好我姊是個放出去也不會突然暴走的可靠紫袍，完全不用擔心她。

「對了，你認識月守眾嗎？」一邊看哈維恩整理桌面，我突然想起剛剛和黎沚的聊天。若四千年前的月守眾是最後一支，那往前推應該有個他們的全盛時期，只是不知存在多久就是。

「認識啊，本尊不是跟那小鬼說過星瀑嗎。」轉過去翻找客房零食的魔龍丟了句話過來。

「你年紀輕輕腦袋就不清楚了嗎。」

被他一提醒我才想起來，當時流越確實認出魔龍，睡一覺都把這事情忘了。我敲敲腦袋，稍微回想當時的事情——月守眾的星瀑和希克斯熟到把這傢伙的事情流傳給後人？以至於流越幾乎瞬間便認出魔龍？

「星瀑是個好女人，而且對守禦術法很有研究，我看那座島上的結界有一部分就是星瀑留下來的……對了，她和忘月是好朋友。」魔龍叼著小吧台裡翻出來的餅乾，回過頭看我：「這樣算下來其實你和那小子還眞有點淵源，星瀑是當時月守眾的首領，忘月那傢伙也有請她去製作大結界，搞不好那小子知道這事情，你想知道可以去問問，本尊是對她們那些雞毛蒜皮沒興趣。」

月守眾的首領和千眾熟識？

等等，那麼這次海上通道打開和這件事情有關係嗎？

雖然很不願意多想，但我不認爲自己有幸運到第一次去看孤島就正好碰上孤島通道開啓，其他人我就不確定了，也有可能是其他人運氣好。

回邪神祭壇之前我打算先去夏碎學長那邊看看他的狀況，現在得多加一個流越，如果他可以會客的話。

決定好行程，我和魔龍、哈維恩打過招呼，簡單收拾過後爭取時間，就先往附近的夏碎學長房間走去。

比我們所有人都早清醒和治療好的哈維恩已經把船上狀況摸清楚，這確實就是艘郵輪，屬於海上組織。當天夏碎學長發出消息後，公會立刻與海上組織聯絡並急速擬定出發的人選與計畫；邪神事關重大，海上組織也快速調來這艘大型郵輪暫時作爲海上補給基地，讓大家有足夠的後援物資可以處置邪神祭壇，以及搜尋我們消失的座標位置。

後來他們迅速定位了邪神祭壇，卻找不到我們進入的海上通道，不知道爲什麼，我們離開的軌跡消失得很乾淨，直到七天後再次從原位開門，他們才從那瞬間捕捉到空間裂縫，及時進入救援，這才上演了我和流越被前線黑袍們救助並帶回的險況。

如果當時飛狼們沒有載著人先行離開，很可能還是會找不到我們的位置。

聽到這邊我就覺得背後有點涼，遲緩地感受到生死一瞬間。

哈維恩大概也想到一樣的事情，很哀怨地瞥了我一眼，附帶了一聲哼。

假裝沒聽見，我決定要適時裝死以保障心靈安全。

不過當時我昏迷前對學長告狀了，也不知道現在夏碎學長有沒有被揍成豬頭，我覺得這次他真的很該被揍一拳，有夠亂來。

懷著種種心思，我站在夏碎學長的艙門前伸手敲了幾下門板。

接著，門打開了。

※

「不給糖，就吃掉！」

「……」

看著很有精神的小亭，我二話不說直接拿一包餅乾按在她臉上，黑蛇小妹妹立刻抱著餅乾開心地跑回房裡，完全沒有阻攔我們的意思。

與夏碎學長熟了之後就知道，這是表示我們可以進入，如果真的不能進，小亭就會打開吃人模式，完全沒得商量。

進房後果然看見學長也在裡面，在床鋪半坐起來的夏碎學長看起來氣色不錯，還悠悠哉哉地翻看著手上的紙張，居然沒有被揍過的痕跡？

我那麼相信你欸學長！

你居然沒揍他？

太讓人失望了！

說好先把夏碎學長打一頓呢？

我看著學長，努力表達對他喪失信心的眼神，不過沒開口，因爲房裡還有第三個人，先給他點面子。

「月見。」我轉向醫療班行禮問好，其實他在這邊也不算意外，之前就是月見負責夏碎學長的治療，後來鬼王吸走大半毒素，接續的調養一樣由月見處理。我眞心覺得月見可以面對這些頑劣的袍級眞的是太偉大了，如果是我我就直接把他們弄死，治療屍體可能會比治療活人方便一點，至少死人不會動。

月見勾了勾微笑，從臨時改造成配藥桌的化妝台旁邊站起，他一動我才看見其中一個水晶瓶蓋子上停著一隻指甲大小的黑色小蝴蝶，翅膀還一張一張的，表示活著。

我不知道月見曉不曉得黑蝶背後代表的是誰，總之我是知道，而且覺得很驚悚——爲什麼鬼王的小使者會出現在這裡？

大概是注意到我的視線，月見也看了眼小黑蝶，然後沒有什麼笑意地勾起唇：「雖然公會有過黑袍被鬼王標記的記錄，不過我沒想到還會再出現紫袍被邪神標記的狀況。」

「……」我看向夏碎學長，後者還回我一笑，優雅地收摺手上那些紙，表現得極其欠揍。

你這狀況你好意思這麼悠哉？

我轉向學長，努力讓自己的視線飽含「拜託揍他」的強烈請求。

你剛剛沒揍到，等等可以補揍回去。

學長冷笑了聲，我感覺不出來這是有沒有答應。

「等會兒黎沚他們會下邪神祭壇，我強烈請求夏碎不能離開這個房間。」月見幽幽地飄來這句，帶著絲絲冰涼的殺氣，房內所有人瞬間感受到醫療班的怒火：「否則就別怪我申請資深黑袍來扣押您了。」

夏碎學長應該是明白這次踩到醫療班底線，吭都不敢吭一聲，乖乖地接受月見譴責的目光，表現得很老實，彷彿早先在死亡邊緣試探的人不是他。月見再次瞟了眼床上的紫袍，稍微收拾手上的物品便轉身離開，失去水晶瓶可以停靠的小黑蝶顫動翅膀，輕飄飄地飛到梳妝鏡的邊緣上。

確認月見遠離後，學長在房間布下結界，避免裡面動靜外傳。

直到這時小黑蝶才傳來鬼王的聲音：「醫療班是正確的，夏碎身上的標記會引導邪神定位，不過尚未穩固，盡量別讓他靠近祭壇，如果再與邪神連結一次，就會被徹底標記靈魂，別忘記你先前還被另一位邪神詛咒過，很可能會有相互影響。」

看來月見不知道這是鬼王，只當成不知誰家的小使者，畢竟黑蝶身上沒有任何力量氣息，停在那邊毫無存在感。

邊想著，魔龍的幻影突然冒出來，而且還很不屑地嗤了聲：「小鬼王，你就直白說他已經有九成機率被認定爲獻祭品，那鬼東西追這麼急就表示對這軀體很有興趣，殘存在這世界的信眾很快就會開始尋找他了，而且不只信眾，其他缺宿體的垃圾可能在聽聞風聲後也會想要插手搶奪。」

「獻祭品？」我皺起眉。不是只被碎片碰到、可能被邪神注意而已嗎？爲什麼會突然變成這種有點恐怖的走向？

「這倒是比我想像中還嚴重。」夏碎學長若有所思地支著下頷，一臉輕鬆，好像在談別人的事情。「那麼原本的計畫恐怕要推遲了，這可浪費早先的安排。」

計畫？

我才剛想發問，一邊猛然傳來砰的聲，本來半開的落地窗旁隨風微飄的窗簾大半被結凍，硬邦邦地撞在玻璃上。

「別開玩笑了，你現在什麼都不准做！」學長握了握拳頭，大概是在忍住不要往對方身上來一拳，才看向鬼王和魔龍：「有解除的方式嗎？」

我說眞的，學長你有本事就把拳頭揮上去，不要拿窗簾出氣。

「靈魂標記的話……」小黑蝶沒將後面的話說完。

「宰了邪神就是移除方式。」魔龍丟出這句，然後繼續開口：「你們運氣不好，遇上這玩意主要是啃食靈魂力量，特別喜歡內心有空洞的人，而且缺一個讓他棲身的獻祭品，黑術師誤打誤撞找到讓他滿意的，他不會這麼容易鬆手。把源頭的鬼東西弄死，印記自然就會消散。」

「嗯，不然就是必須要有更高等神格力量的存在，對其進行請神，直接借體覆蓋掉那些刻印。」小黑蝶補充道：「不過這也只是換個人留下標記，對生命無害而已。隱患則是一旦有了印記後，會更容易被其他勢力盯上挑釁、搶奪，更可能未來有潛藏敵人出現，會循線襲擊被刻印者。」

我想起當時流越也說過要根除須要法器和神廟，是因爲這個原因嗎？請另個神標記夏碎學長？

不過聽著黑王的解釋，另外標記也不是最好的解決方法，最終還是會埋下禍根。

看了看夏碎學長，不知道邪神滿意他哪點，就像我不知道景羅天刻印個天使幹嘛，這些妖魔鬼怪都有病嗎。

狐疑的同時，魔龍的聲音突然出現在我腦袋裡，和我單獨溝通：「黑暗、冷漠、拒世，卻又對某些事很執著，這種白色傢伙最容易被選上，作爲獻祭品也作爲容器都不錯，更別說他的體質也很合適。」

「？」我怎麼覺得魔龍說的不是夏碎學長而是旁邊在當背景的哈維恩？

體質又是怎樣？

替身的體質？

「不是那個意思。」魔龍嘖了聲，繼續與我腦袋交談：「本尊算是看走眼了，居然一開始沒發現，比起那個腦袋一直線的半精靈，這小子才是眞正的麻煩。」

正想繼續追問魔龍到底是什麼意思時，一陣敲門聲突然傳來，而魔龍也縮了回去。哈維恩開門後，外面是名海上組織的人員，通知要進邪神祭壇的隊伍已經準備要出發，我們要去的人可以到大廳集合了。

這麼一來，就沒時間去找流越，得回來再去了。

夏碎學長看上去還有點蠢蠢欲動。

大概是懶得講道理，小黑蝶翅膀一動，一張結界直接封鎖住房內空間，除了夏碎學長以外的人都可以自由離開。

「……」蠢蠢欲動的人被打破妄想。

遭到針對的夏碎學長現在確定百分之百無法逃跑了。

他們這些變態袍級跑得了醫療班的結界，我就不信跑得了當年冰牙精靈、現在獄界第一術師的結界。

把夏碎學長丟包在船艙裡讓他好好休息後，我們直接往指定大廳過去。學長沒說什麼，不過看樣子他也是要一起下邪神祭壇……總覺得這次夏碎學長幹的壞事比我還大條，以至於學長沒分神追究我這邊亂來的行爲。

「褚，你應該知道自己有幾條命吧。」冷颼颼的語氣突然從旁飄來，聽起來好像很平常，但蘊含了一股讓我背脊發寒的陰森殺氣。

我收回前話。

他感覺還是想追究。

可惡，我怎麼忘記他如果沒朝夏碎學長下殺手的話，很有可能會累加往我這邊發洩這個可能性！

就在我準備要迎接雙人份的教訓時，一包東西突然砸到我臉上，偏偏平常這種時候會跳出來擋攻擊的哈維恩硬是沒有動作，就這樣看我差點被砸哭。

臉上爆出劇痛和星星月亮，我反射性接住那包有點重量的東西，等眼睛發黑那幾秒過去，我一邊揉臉一邊小心翼翼打開包裹——其實是個四十多公分的提袋，打開裡面塞了不少符紙和水晶，符紙有大半都是空白的，另一部分是各種已經塡進術法的靈符；水晶是商店街可以買到的那些，有幾顆看起來很高級，甚至散發出淡淡的黑色力量氣息。

「我聽夏碎說了，你們身上的媒介與一般武器都已毀壞，邪神祭壇也不是什麼安全地方，這些先帶著用，有時間自己再把常用的補回去。」學長邊說著，突然翻手朝哈維恩那邊甩出兩道暗黑色的流光，夜妖精瞬間接住，是兩把和他平常慣用的很相似的彎刀。

不知道學長怎麼找來的，兩把刀竟然都帶著黑暗力量的氣息，而且很純粹，連我都看得出來比夜妖精之前被破壞的武器好很多。

哈維恩也沒跟他客氣，把彎刀插進空了的刀鞘裡，大小還正好。

本來以爲會捱罵沒想到收到道具補給，我偷偷看了學長兩眼，思考他是不是等等會把我踹進海裡。

「看什麼看！」血色的紅眼直接瞪過來。

「沒看沒看。」我連忙把靈符水晶收好，邊收突然發現還有幾顆水氣特別濃郁的水晶，應該是要修復米納斯用的，我順手把其中一顆和幻武兵器連結，慢慢地將力量灌過去，希望可以快點彌補邪神碎片造成的損傷。

說起來，之前本來燄之谷那邊要召回幻武鍛靈者——後來我詢問了萊恩他們才知道，原來幻武鍛靈者還是個瀕臨絕種的職業。就如同字面上所表示，幻武鍛靈者就是能調整、注靈幻武兵器原體的罕見特殊鍛造師。

所謂的調整就是把原本有些瑕疵的幻武大豆做些修補，不單單只是外表上的修補，是連同兵器精靈可能有缺的部分都可以用某種奇特的人造注靈方式填補，讓幻武靈體實力往上提升，進而帶動兵器再次精煉。

簡單地說，就是可以幫幻武兵器做二度調整進階的人。

守世界目前已知只有四名鍛靈者，時間種族和精靈各佔一個，目前都下落不明；仙人一個，是我們學院的客座，洛安幾百年前介紹過來的修行者，平常不在學校裡，沒人知道他去哪邊，要靠緣分才能得到他的行蹤；最後一個就在燄之谷了，不過燄之谷的那傢伙也常常行蹤不明，狼王雖然上次說要急召回來，不過離四日大戰也過去好幾個月了，聽說那名鍛靈者現在才拖拖拉拉地準備啓程，不知道回程還會耽擱多久。

加上萊恩手上的各種傳聞，總結來說，四名鍛靈者完全沒有宅在家裡的想法，基本上都是各種雲深不知處的行程，一個蒸發得比一個還快，想要讓幻武兵器進階的人只能到處找他們，有時候一找就是好幾年或是幾十年，又不能揍他們或把人掐死，找到還要低聲下氣請求幫忙，簡直靠杯，完全說明了什麼叫作「絕技在手，世界求我」。

後來才知道其實萊恩本來有興趣研究幻武鍛靈，不過鍛靈者還需要大量的術法知識與某種特別的力量，這方面他很有障礙，只能暫時先放下這個志向，但看他也沒有完全死心，搞不好哪天就眞的讓他成功了也不一定。

邊走邊想著，很快我們就到達大廳，原本可能作爲郵輪各種表演活動的偌大廳堂內聚集了不少袍級，尤其以公會數量稀少的黑袍居多，光這樣點人頭就已經有十二、三人，幾乎都是陌生面孔，其餘的各色袍級都在七、八人左右，聽說大部分已經先去海上或是祭壇那邊，這批人是目前正要分別前往祭壇與孤島裂縫座標的，我們要和其中一支隊伍一起進祭壇。

「在這邊！」

馬上就看見黎沚遠遠對我們招手，他旁邊站著陌生的高大黑袍，兩人似乎剛剛正在聊什麼，注意到黎沚的動作，對方就打了個招呼走去其他同伴那邊，將空間讓出來給我們。

黎沚身上沒有帶著那張弓，看起來也沒有其他武器，等我們走近後他笑吟吟地開口：「等等你們和我一組，除了冰炎以外都別亂跑。」

邪神祭壇的空間已經被公會封鎖，我和哈維恩不是公會的人，甚至還是黑色種族，所以帶我們下去的黎沚提出這個要求很合理，畢竟他也是擔保人。我和哈維恩交換了一眼，彼此心裡有數，如果沒有特別變故，就盡量不要惹麻煩。

「小流越要帶話給你。」黎沚趁著還在等待其他人集合的空檔時間，拉著我的手臂壓低聲音說道：「他還得休養兩天，在孤島內他們從未好好休息過，加上轉移整個聖樹，身體虧損很大，否則他也很想過來，月守眾以前和邪神的狂信徒交戰過，他原本想親自確認祭壇狀況，不過醫療班不讓他出來。」

說著，他眨眨眼，露出一個「大家都懂醫療班的表情」。

還好流越不是公會袍級，他現在還很單純，沒有那些袍級的惡習，不然我覺得搞不好流越就打破牆壁直接下邪神祭壇了。公會袍級根本不會乖乖遵守醫療班請求，剛剛就有個想逃跑的紫袍被黑王關起來。

「小流越託我的話：『謝謝你，黎沚大長老與我深談過，當時沒有完全信任你們很抱歉，我不會再輕易捨棄生命了。』」被稱呼為大長老的黎沚一字不漏地重複給我聽。「你可以不用擔心他了。」

我笑了笑，對黎沚搖搖頭表示不用在意。

其實我完全可以體會流越的想法，就算對孤島歷史並不熟，不過在那種鬼地方繞了一圈後，也可以理解他爲什麼執意要留下來封死孤島。

說不定今天換成我，我也會，因爲留存在孤島裡面的人已經不知道有誰能夠幫他們，被關在裡面近千年他們都只能靠自己，然後看著身邊的倖存者一一死去，在無止境的絕望中跑來陌生人突然開口外面有人可以幫忙，我同樣會很遲疑，很高機率依然選擇我、也就是流越當下認爲自己能做到的最後一件事情，將所有的邪惡徹底與世隔絕，不再讓外面的生命受害。

不過現在他們總算都出來了，我想那個念頭會漸漸地淡去，不用再擔心他們，畢竟人家都是大祭司了，絕對比我聰明幾百倍，聯繫上同族和公會後應該很快就能開始反攻孤島。

就在這樣釋然的氛圍下，兩邊隊伍終於要出發了。

第二話　邪神祭壇

原本我以爲帶隊回祭壇的會是其他資深黑袍，例如當時帶人衝進孤島裂縫的那位，意外地居然是個熟面孔。

洛安揹著他的劍匣走過來，挾帶著一股沉靜古樸的氣息，就像仙俠小說裡的仙神，走在路上飄在身邊的都是仙氣禪意。

與洛安往來也不少次了，一看到是他帶隊，我突然有點鬆口氣，畢竟洛安很好相處，雖然我是這陣子在宿舍遇到才發現原來他眞的很強——以前看不太出來力量深淺比較麻木，現在分得出來就可以知道我們差距極大，害我後來有一陣子回黑館都戰戰兢兢，因爲猛地發現黑館的人都強到可怕，那種強是深刻知道對方可以瞬間把你脖子扭斷的生命恐懼，以前沒這種強烈感觸的我眞是天眞啊！

……不對以前我也知道他們可以扭斷我的脖子，只是沒這種眞切體悟的實際生死威脅感。

幸好黑館的住戶們並沒有對我改變任何態度，我也就慢慢找回原本的相處方式，只是偶爾還是會覺得剛進學校的我眞是好傻好單純，如同一隻每天都在大象腳底走來走去的跳蚤，隨時會被踩得連渣都不剩。

「走吧。」洛安簡單地向所有人點了下頭，銀色法陣在我們腳下張開，周圍景色眨眼模糊，幾乎剎那間便轉移到另一個空間。

腐朽的氣味撲鼻而來。

洛安的轉移非常直接，沒有落在別的地方，不偏不倚就把所有人帶到當時我和夏碎學長、哈維恩被困住的最後一個位置，也就是小灰影冒出來的那座高台上，地板甚至還可以看見當時夏碎學長留下的殘餘血跡。

到達的瞬間，隊伍直接一空，跟來的人原地蒸發，大概是全都移動到他們該去的位置，只留下我們幾個如洛安、黎沚，隨同的學長和哈維恩還在原地。

「這裡面有很多黑術師留下的暗道與陷阱，其他人去善後了。」黎沚說道：「我們先在主祭台上，等等要往下。別亂走，我們發現這裡到處都有很多傳送術法，可能與各地狂信徒有所接通，雖然目前休眠，但不知道什麼時候會啓動。」

黎沚剛說完，洛安直接甩出背後劍匣，以前看過的樸素古劍從他手上拋出，鏘的聲直接重重釘在祭台中心點，那瞬間周圍空氣突然一滯，我明顯可以感覺到有某種東西在不同空間裡發出尖叫，那種細微到快無法察覺的聲響像是漣漪的邊緣輕輕地撞在我們附近，接著直接被凌厲劍氣鎮壓。

原本靡敗的氣流清淨不少，變得比較不那麼讓人窒息了。

我再度看見那塊被夏碎學長的血染出的奇怪獸紋，上面的血色已經淡很多，但卻從那裡散發出很不吉利的詭異感，總覺得底下有什麼緊緊抓住那片血液不肯鬆手，祭壇內隱隱飄出似有若無的聲響，聽不清，也說不出所以然。

「還在確認此處邪神的名字，他相當狡猾，所有祭壇上都只有信徒供奉的僞神之名。」黎沚走過來，和我一起盯著那塊獸紋：「『天武大御尊』，也被狂信徒稱作『天武戰神』。」

「嗤。」我冷笑了聲。

吸食他人靈魂和力量的戰神？

眞敢說。

和魔龍溝通了下，魔龍也不知道這傢伙的眞實名字，應該說他對不感興趣的東西都沒有太多記憶，所以沒辦法像之前精靈們那樣直呼邪神本名把他痛扁一頓。

這個有祭壇的邪神彷彿知道白色種族的手段，把自己的眞名藏得很緊，使用的全都是信徒供奉的名字。

學長告訴我們已經請求公會通聯所有合作的種族協助，看看能不能在漫長的歷史中找到這個僞神的眞名，曾經存在過的東西都必會留下名字，只是被埋藏在不爲人知的地方。

過了一會兒，空氣裡的騷動完全被鎮住後，洛安走過來，示意可以下去底下。帶隊的黑袍打出一個新的法陣，我們幾個人站上去，術法就帶著我們轉換位置，很快地來到了祭壇最黑暗的根部處。

第一次被捕捉進來時只知道祭壇是個高台，四周多是石柱台面，對於底下多深沒有概念，這次到了地底，抬頭看不到頂端，隱約只看得見一點公會照明的微亮，就知道底部異常深，難怪當時魔龍下來花了不少時間。也還好當時的戰鬥沒有從台上摔出去，不然現在草可能已經長出來了。

——底部堆滿骸骨，完全不意外。

大量骸骨鋪滿地底，連一點地板原樣都看不出來，大大小小，或是完全、或是細碎，或是已經被磨成粉，人形、獸形，數不清的骨骸堆疊成高低起伏的數座小丘，無生機的死亡氣息惡意地將整個地下空氣凝結住，就連我和哈維恩這種黑色種族都感覺到針對靈魂的刺痛，更別說黎沚他們，周圍的保護結界瞬間加厚好幾層。

我幾乎可以聽見被殘留在這裡的亡靈痛苦呼號，從四面八方、從這裡的任何一處，但被保護術法擋下無法傳遞進來，不然我現在可能會腦爆噴鼻血。

洛安皺起眉，又放了好幾個術法出去，有點擔憂地看著我們幾個：「還好嗎？」

我和哈維恩點點頭，接著轉向學長：「學長你……」精靈的部分不知道會不會被這種大量死亡衝擊。

「沒問題。」學長搖搖頭，表示他也沒被影響。

地底除了骸骨與源源不絕的哭號聲迴盪，還有大量食魂蟲，可見這裡被黑術師作為食魂死靈的養育地，大便比我們先前看到的還要多很多，幾乎每一塊骨頭上都可以看到細細碎碎的東西在爬動，即使已經有公會放下術法鎮壓，這些東西還是多到快無法控制。

如果不是有洛安罩著，我覺得我們自己下來八成會瞬間被吸乾。

「別離開法陣範圍。」學長看了我一眼，對於滿地的食魂蟲也皺了皺眉，一臉森冷，不知道是對於那些被啃食的殘魂碎屑不舒服，還是其他原因。

我們降下的位置是祭壇正下方，也就是巨大石柱的底部，在這裡也有另一座祭壇——應該說是神壇。石柱邊的骸骨明顯被清過，沒有其他地方那麼雜亂，雖然依然鋪得滿滿，不過並沒有擋住石柱底部的神壇。

石柱底被挖空了一塊區域，應該是很久以前有人刻意把這裡製作成小神廟一類的架構，挖空的形狀是個拱門凹洞，裡面有個半人大小的神像端坐在華麗的雕刻石台上，神像三頭六臂，盤坐在一隻像是雙頭老虎的猙獰魔獸上，每隻手上都持有一種兵器，充斥著濃烈的死亡氣息。

我仔細看著那尊被染成黑色的神像，三個腦袋裡有兩個是獸首，一邊牛一邊狼，唯一的人面詭異地長得很清秀，是個看上去很秀氣溫柔的男人模樣，還帶著一抹淡然憐憫世人的微笑，幾乎就差個穿白衣拿法器普渡眾生的形象，但整個黑神像縈繞滿滿的殺戮惡意，邪氣沖天，讓那張清秀的臉看起來很惡毒陰險。

讓我整個起雞皮疙瘩的是神像底座的前方擺著一個黑色小石碗，一滴血液從上方啪嗒一聲墜入石碗裡，而裡面已經有半碗深色血液。

我有種超級、超級不好的預感，而且不知道爲什麼，我總覺得那小半碗的血就是某人在祭壇上被放的血，像在宣示我們想得太輕鬆了，在我們以爲還沒被徹底標記時，這些血早已經先獻給邪神，讓他記住氣息。

似乎想要證實我的不妙想法，那座神像就這樣發出了輕微的「喀」一聲。

詭異的是，除了我之外，我周圍的人好像完全沒有聽見這個雖小但卻很清晰的聲音。

我一把抓住正要上前施放探測法術的學長。

還沒開口，哈維恩已經從另外一邊擋住學長，順著我的目光高度警戒黑神像，原本正在聯手製作空間術法的洛安兩人見狀立刻停下。

「別去……我覺得這裡面的黑暗氣息很怪。」看了看學長，我咬咬下唇，轉向夜妖精：「好像還有個不明東西……哈維恩你覺得呢？」

「有。」哈維恩點點頭，證實了我的想法，「上次來就有。」

但是這麼多前線黑袍已經進駐，怎麼會沒有察覺？

還是對方「不讓他們察覺」？

我拎出一架小飛碟，直接發問：「希克斯你上次下來發現什麼？這個祭壇到底有什麼問題你沒有告訴我們？」其實我多少有點發現，魔龍雖然會協助和教學，但很多事他不太會主動告訴我們，可能也和他的黑色種族天性有關，有時候樂得看我們團團轉，還會加以嘲諷。

這點其實哈維恩也同樣有，不過哈維恩現在會以我的想法爲主，對白色種族就很容忍，相較之下，魔龍的不安定性和危險性比他高很多。

「本尊發現，你們這些傢伙再不小心一點，就會全死在這裡面。」小飛碟從我手上轉出去，在空中飛繞著，最後停在我們前面，聲音帶著看戲的語氣傳來：「比如，你們怎麼會以爲邪神碎片只有一個？」

魔龍的話一落，黎沚和洛安瞬間臉色一變，後者的劍眨眼回到他掌心上，幾乎同時，學長已經和哈維恩張開雙層大結界，一個沉重的鈍響晚了半秒撞在我們周圍，空氣被震盪了下，整個結界差點因爲這個撞擊位移。

噩夢般的小灰影重新出現在我們視線內，而且這個比先前我們見過的大上一倍，高度已有十三、四歲少年那樣，就蹲在血碗旁邊，扁薄的腦袋微微垂下，似乎在凝視供奉的血水。

剎那間，周圍出現十多道人影，各色袍級的人將灰影團團包圍，四面八方轉出幾十種術法陣圖，緊繃的危險氣氛一觸即發。

就在這時候，我終於意識到那個不對勁的感覺是什麼，而旁邊的學長猛地炸出了強烈的憤怒和殺氣，我不知道我們是不是想到了一處，但現在我的重點不在灰影上，而是我們原本以爲他在那裡會比較安全的錯誤想法。「學長，黑術師是狂信徒！」

把自己關在不見天日的這種地方，多年不斷捕捉生命來培養食魂死靈，在小灰影出現時那些食魂死靈又彷彿不重要地被咬碎，還有那些大便蟲……黑術師是在供養邪神碎片。他不是一般只想召喚邪神的黑暗存在，他是邪神忠實的腦殘信徒，只有這種信徒才會耗這麼久等待，更別說這裡面疑似有各種和其他狂信徒通連的暗道。

一想通這點，我整個驚悚起來，背脊幾乎寒透了。

資深袍級們爲了封印祭壇到了這邊，而另外一批爲了孤島裂縫去了海上。

現在郵輪上只有輔助和留守的人員。

夏碎學長會聯絡公會，狂信徒怎麼不會聯絡其他的信眾？

碎片和黑術師之所以乖乖束手就擒，讓公會認爲已經控制這裡，都是他們預謀好的。他們不是被剿破巢穴，他們只是在等待。

等著我們從孤島裡出來！

「你們馬上回去！」洛安的劍向前揮出，劍氣打在撞進結界的灰影身上，少年大小的灰影發出蛇一般的嘶嘶聲響，挾帶著各式各樣幻惑的語言在所有人周邊響起。

黎沚往我們前面一站，揮手帶起一陣風打碎還沒組成的話語，順勢在我們腳下點出轉移陣法。「援兵馬上到！」

景色變換的同時，我最後一眼悚然看見另外一個灰影從黑暗的地底跳出來，撲到空中一名白袍身上，然後畫面就被海洋取而代之。

這也並沒有讓人有時間做準備或鬆口氣，因爲海風吹來的是滿滿的死亡和血腥氣味，屬於食魂死靈的腐朽味道已經瀰漫在郵輪周圍，血色的邪惡陣法早在船下布開將海域空間切割，明顯就是在兩支隊伍前後離開的那時，郵輪就被潛伏的狂信徒攻擊。

我們回來的瞬間正好趕上最恐怖的一幕——猛烈的爆炸將巨大郵輪的上層船艙完全炸開，濃濃的黑色血霧和詛咒編織出凶惡的毒氣，無數扭曲生命隨著食魂死靈自爆的同時發出慘烈悲嗚，當下將一些後勤人員震出郵輪，閃避不及的人甚至被炸得血肉模糊。

高空中切割出的空間細縫又掉出一隻食魂死靈，砸在防禦結界半毀的船頭上再次引發自爆，一個黑色的束縛咒文捲過來，試圖想要把爆炸圈縮起來，但還是擋不住大量亡靈的犧牲，咒文只讓爆炸延遲幾秒，船頭再度受到破壞。

燃燒著毒物和火焰的郵輪彷彿地獄，開始吞噬生靈。

學長和哈維恩幾乎在到達同時就有動作。

雙屬性的長槍拉著一條冰霧直接貫穿自爆中的食魂死靈，大量冰霜瘋狂快速地層層捲繞爆炸中心點，極力將毀滅降到最低，這過程還不斷一直有亡魂引爆，把冰層炸了一次又一次，碎冰漫天飛舞。

哈維恩則是眨眼出現在甲板上，勾出的六靈刀颳起一陣妖異的冷風，把原本要擊殺海上組織人員的狂信徒打走。夜妖精和妖師暫住在郵輪的事情大家都知道，那成員愣了下，意識到對方是在救他，也不敢扯後腿，立刻退到海域，遠離危險，把交戰空間留給戰士們。

仔細一看，甲板上已有不少陌生的人……也不能說人，有的是奇怪的野獸外形，與以前看過的黑暗同盟不一樣，這些狂信徒的服裝並沒有統一，各式各樣的，有暗色也有怪異的鮮豔花彩，露出的臉卻都同樣有種癲狂的欣喜神色，好像接收到神的意志，被點名參與「聖戰」，巨大的喜悅和榮耀讓他們狂亂萬分，拚命攻擊輪船上的人們。

我吸了口氣，鎮定情緒，踏上甲板引動黑暗力量，聽見了那些食魂死靈的痛苦，也藉由連繫得知空中的裂縫口後還有好幾隻等著跳下來自爆的食魂死靈——狂信徒們搞了不少食魂死靈出來，打算用最快速度一口氣攻破公會和海上組織的輪船。

可以看見燃燒的船上各處都有人在交戰，無法戰鬥的輔助人員都退到海上，海面有大片大片黑色的結界陣，銀色優雅的黑暗文字在上面勾勒守護，是黑王在危險中透過小黑蝶及時伸出的援手，否則放任不管可能死傷會很慘重。

我看見有個狂信徒命都不要地直接撞在黑色結界上，整個人自爆開，血肉和靈魂力量把結界打破一個大洞，構成結界的術法文字很艱難地描繪重組。

「這裡。」

正想幫忙對付狂信徒，我猛地聽到黑王傳來的細小聲音，才剛轉頭，馬上看見小黑蝶在幾步遠的地方被毒霧掀飛，有點掙扎地振著小翅膀，不曉得是不是已經快把寄存的力量透支光，黑蝶傳遞的音量有點微弱，飛行的高度也逐漸變低，都快要貼在地板了。

搶上前把小黑蝶撈起，我看了眼哈維恩，夜妖精朝我比了個讓我先行的手勢，就轉頭和學長聯手擋下還想掉落自爆的食魂死靈與周圍圍攻的狂信徒，同時和其他趕到的幾名人員配合，快速修復與重新建立輪船的結界。

把黑蝶裹在手裡，我依照指示快速往後方移動。

上層已經被之前自爆的食魂死靈炸開，所以一路上有很多落下的障礙物及火勢，才走沒幾步就有著火的碎片砸在我的保護結界上，而且還有沒爆乾淨的死靈碎片，肉眼可見的扭曲亡靈殘缺地掉落在各處，四面八方都傳來淒厲的嚎叫聲。我還遇到被毒素影響的海上組織成員遭到亡靈碎片包圍，只好調動黑暗驅逐那些早已瘋狂的殘缺靈魂，再把成員丟到海裡，讓其他人將他帶到安全的地方。

快接近小黑蝶的指示點前，我先遇到的是月見，他被壓在一大塊木板下。我移開才發現，爆炸時他可能離中心點很近，近到足以把他的保護術法炸掉，讓他整個人很狼狽，左側身體幾乎血淋淋的，幸好沒有斷手或斷腳，但各種大小撕裂傷和燒傷讓他看起來傷勢很重。

他旁邊有半具狂信徒的屍體，可能是他們兩個纏鬥時發生爆炸，這個不要命的狂信徒只顧著攻擊醫療班沒有保護自己，直接被炸成兩半。

「我沒事……」意識還很清晰的月見被我扶起來後痛得倒抽了口氣，然後咬牙推開我說道：「黑術師……快去！」

在月見周遭放下一把靈符和設好保護術法，我加快腳步衝進後方的爆炸中心，包圍過來的熊熊火焰被衝開，顯露出後頭快要看不出來原貌的船艙部分。

才剛繞過一個大凹坑和倒塌的欄杆牆壁，看了一眼，整個頭皮發麻到快炸了。

之前被警告過不能再和邪神有接觸的夏碎學長站在大片廢墟裡，抬起的手前拉出數張靈符張開防守大陣，他後方有兩、三名無袍級的公會輔助成員，周圍有些狂信徒的斷肢殘軀代表這裡也經歷過一輪惡戰；而站在他前方不遠處是一名全身黑衣的黑術師，不是黑暗同盟的打扮，但氣息和我們之前在祭壇看過的那個很像，應該也是狂信徒的一員。黑術師後頭有好幾名打扮各異的狂信徒，看上去有妖精也有獸人，每個臉上都是扭曲的狂喜，根本無法用心語接觸，更別提還在燃燒的黑火與一層層不斷飄散開的毒霧。

最讓我悚然的是黑術師的手上就抱著類似最早遇到的那般大小的小灰影。

五字經都不足以讓我表達內心中至高無上的幹意。

如果我有能力可以徒手撕黑術師，或是像大王子那樣把怪東西撕成兩半，我絕對把這些混帳東西撕成十八份，然後拿去灌消波塊。

黑術師發現我闖入戰圈，懶洋洋地看了我一眼，口吐怪異的腔調：「你想實現願望嗎？」

「你覺得你看起來像聖誕老人嗎。」我面無表情地回他。

「？」

大概沒童年的黑術師沒對上我的電波。

「聖誕老人就是開著麋鹿車來輾死你這種神經病的紅衣使者。」我慢慢移動進靈符的保護陣，注意到其中一名公會成員受了重傷，另外兩人撐著他，對自己戰力很有自知之明的後勤人員們正在找機會離開交戰圈，但被狂信徒堵得太死，四面八方都有著虎視眈眈的怪東西，還有食魂死靈爆炸後四濺的亡靈碎片。

不得不說這些狂信徒的突擊眞的很成功，直接引爆複數食魂死靈第一時間破壞公會保護，就算是黑袍面對這種攻勢都沒辦法在瞬間救下所有人。

「那麼他就是個死人。」黑術師不以爲然地冷冷笑著。

「整個世界的人都知道聖誕老人，他有三千隻麋鹿幻獸，你覺得你弄得死他嗎。」無視那個最該緊張還笑出來的臭紫袍，我慢慢牽引黑色力量，然後釋出恐怖氣息，中和掉一直捲在守護上的黑暗攻擊。「想弄死他，你必須先和遍布全世界的生化武器爲敵。」我他媽就不信有人可以撐過幾千萬個小孩子同時發出的尖叫地獄。

黑術師怔了一瞬，嗅到恐怖力量的小灰影躁動了起來，有點興奮地發出細小怪異的聲音。

「妖師，不要阻礙我們的道路。」黑術師露出一絲微妙表情，變得有點虛幻的聲音飄來：

「黑色兄弟應該與我們一體，顛覆這等虛僞世界……」

「欸我都聽好幾年了，你們理由可不可以換一下？」再說下去沒新意了啊。這個招生文我都聽到可以倒背如流了，而且還想幫他們改個廣告詞，不然聽久眞的很麻痺，不是推翻白色世界就是成爲黑暗之霸，唬誰啊！現在連小朋友都不信這招了好嗎！

「我可以回來。」清冷的聲音驀然從小灰影身上傳來。

我直接反手往小灰影腦袋開一槍，火符凝結的炎槍打出的子彈在那個混帳東西的腦袋爆開，然而小灰影很快重組，完全不受影響。「你們最好不要再試探我的底線，不然我會讓你知道什麼叫作眞的誅九族——從你的老巢做起。」

小灰影發出喀喀喀的冷笑聲，緩慢地從黑術師手上飄起，傳來另一種低沉且狡猾的嗓音：「帶著項圈的妖師，你我都知道你的力量有限。我也沒有說謊，不過就是個小小的時間種族，復生不是難事，只要把那名人類貢獻出來，這原本就是他的宿命……」

「光天化日之下強搶民男你還理直氣壯了混蛋。」要不是知道夏碎學長的狀況，我還眞想要慫恿他把紅龍王的爪子叫出來朝這坨東西腦袋飆一下。「總之這條船上所有東西，就連一隻蟑螂都是我們妖師一族罩的，想講道理你就滾去投胎成白色種族再說。」

跟水火妖魔學的：我們黑色種族不講道理。

小灰影發出尖銳的嘶聲，一言不合直接音波攻擊。

穿著厚重盔甲的式神武士擋在我面前，氣勢如山地低喝一聲，撞開迎面的強烈音波，四散的無形聲刀唰唰唰地把四周的甲板地割出好幾道裂口。

輕靈的身影在武士肩膀上一點足，握著薙刀的武服少女閃電般斬下小灰影的腦袋，十多張靈符隨後轉繞開，團團裹起那片扁平頭部。

我往後退拉出黑暗防禦，讓夏碎學長可以趁這空檔將後方的一般人員傳出輪船，送至海域上的安全地帶。

小黑蝶看起來已經沒力量了，牠最後的力量用在維持海上那些安全結界，延長時間等待救援，再也幫不上其他忙。

短短幾秒間黑術師也急速出手，猛烈的凶惡氣息將盔甲武士直接撕成碎片，掉落的式神木偶在空氣中爆碎成粉，來不及脫身的少女式神被攔腰炸成兩半，強制恢復成單薄的紙張，還未掉落就被火捲燒盡。

第二波攻擊在我們前方炸開，幾乎已快貼到我臉上，毒素的灼熱氣息翻湧而來，連皮膚都可以感覺到極不舒服的針刺感。

接著是黑色的布料隔開襲擊。

重新換上一身乾淨黑衣長袍的流越輕輕地將我和夏碎學長護到後方，黑色法杖底部敲擊甲板，冷風颳開毒素，一掃腐敗惡臭，帶來洗清那些陰暗沉重的清新空氣，讓人不由得精神一振，陰鬱的感覺全部退去。

羽族的防禦結界瞬間籠罩整艘輪船，徹底把還在往外擴散的毒霧包裹起來，限制在船身內。海面上同時張開大陣法，那些原本依靠小黑蝶勉強守護的人下方各自轉出較小的子陣法，和鋪蓋全部戰鬥範圍的大陣法相互作用，一些還想追擊受傷人員、跳進海裡的狂信徒當場發出嚎叫，觸碰到羽族法陣就好像摸到硫酸一樣，皮膚快速腐蝕。

「月守眾！」黑術師發出怒吼。

「還有呢！」

雷妖精拜里從傾塌的船艙廢墟裡衝出來，高高地跳上空中，緊握著的雷槍引動轟隆雷響，從孤島絕境裡帶出來的高強身手彈開黑術師的攻擊，驚雷直接打到對方身上，暫時剝奪他的行動力。

另一端，無聲無息出現的綠妖精抬起雙手，飄在空中的棉絮伸出帶著綠色亮光的枝椏，團團包圍頭身分家的小灰影，順便把那些要衝過來的狂信徒搧出去，一個個撞在欄杆上。

翻轉手上的炎槍，我握住黑暗凝成的槍枝，小飛碟在身後轉出，倒灌回流的黑暗力量，填入子彈，直接貫過黑術師的腦袋，把那顆狗頭爆成碎片。

但黑術師不會死，這點在場的人全都知道，所以就算打成灰我們也無法放鬆。

短短幾秒內，戰場動向似乎被我們控制。

然而沉重的氣壓慢慢將四周染成黑色，事情並沒有就這樣結束。

「內心才是我們眞正的橋梁。」

捕捉到小灰影這句話的瞬間，我放棄了手上所有攻擊，我自己也說不出來爲什麼，當下我第一個動作是轉過去一把抓住夏碎學長，也是在這個時候，我看見不知道從哪冒出來的小灰影貼到夏碎學長身上。

下一秒，所有景物完全消失，不論是流越或其他人、快沉的輪船通通蒸發不見，我們兩個在那瞬間似乎被轉移到其他空間中，斷絕與外界的聯繫。

我聽見夏碎學長輕輕地嘆了口氣。

收緊手指，我如臨大敵地緊抓著人不敢放，這時候我有種非常不祥的預感，就是放手絕對出大事。

還沒讓我們兩個說一句什麼，黑暗的空間裡轉出一圈詭異的青色火焰，從中出現我在地底看過的那個三頭神像，不過眼前的神像十分巨大，光是底下的雙頭虎就已經有三層樓的大小，更別說坐在其上的東西。

「本座是，『天武大御尊』。」

沉重如雷的聲音，敲響空間。

※

「褚。」

夏碎學長拍了拍我的手，語氣不變，甚至還有些安撫地說：「到我後面。」

我惡狠狠地往對方瞪了一眼，差點忍不住往他腦袋搧過去。到你媽的後面啊幹！搞清楚現在誰才是該被保護的那個好嗎！

扯了這傢伙一把，我站到他前面，釋出自己的恐怖氣息籠罩兩人，這空間一時之間沒辦法奪取，小灰影爆破我們武器、靈符的案例在前，要搶可能要付出一定程度的代價，我也就沒浪費過多力量在搶空間上，只能優先護住我們兩個。

端坐在雙頭虎上的黑色僞神似乎被恐怖氣息引起興趣……應該說小灰影之前就已經有興趣了，三張臉轉動變化了下，轉出那張人類的男子面孔對向我們，說道：「妖師一族，服從本座，本座可賜予無上力量供你們復族，撕碎時間軌跡讓你們尋回已死之人，倒逆歷史重改世界。」

「……我就問一句，你和全盛時期的陰影誰強？」冷笑了聲，我看著邪神的臉，心臟不由得劇烈狂跳，那種壓力帶來的窒息感像看不見的手掐住胸口，我有種快沒辦法呼吸的感覺，連冷笑都是拚命擠出來的。

「……」

邪神聽到這個問句沉默了幾秒。

「陰影比你還厲害我是要你的力量幹嘛。放著世界兵器不用來找你這東西，你以爲我腦子有問題嗎。」這就是他們招生文的盲點了。以妖師可以發動世界兵器爲大前提，他們所謂的那些誘惑根本都不能成爲眞正的誘惑啊！

這輩子大概沒想到自己還得跟世界兵器比，邪神無言了一會兒。

「不然換個說法，你要不要考慮進入我們的陣營，現在加入會費只要999，附贈一張妖師族長的簽名與陰影的腳印，等我們過爽了想打開末日開關的時候你還可以在搖滾區觀賞世界兵器發動，成爲見證黑暗崛起的第一波幸運觀眾，只要999，心動不如趕快行動啊。」看我多實際，不管簽名還是腳印我都眞的可以拿到，比這些混帳東西開出的芭樂票眞實多了。

「你在戲弄本座嗎！」邪神怒了。

「不，是你們在戲弄我！」我也怒回去：「幹！搞清楚我才是妖師，你們要挖角我不就是因爲我有可能發動世界兵器嗎，你連兵器都比不過你好意思叫我服從你？你腦殼是漏勺嗎？腦子全都漏光了！」

我抓著的人突然抖了下，可以感覺在忍笑。

「笑屁！」轉頭連紫袍一起罵，非常時期還敢笑啊！

夏碎學長沒被抓住的右手握拳抵在嘴前，咳了兩聲，硬是嚥下偷笑。

「本座能帶回你想要的人……」邪神還在試圖挽救他的招生文。

「不需要。如果有那個辦法，我拚死也會做到，但是那個辦法是他不想要的，我就不會去做，否則就算把他帶回來，他也會馬上又離開。」陰影的力量那麼強，他們也沒將百靈鳥帶回來，所以我知道逆反白色種族在乎的時間軌跡是無法將我們在意的人帶回，更別說本身就是時間種族的「他」。

「那麼本座只好先帶走屬於本座的獻祭，再毀掉妖師一族。」談判破裂，邪神也不再說招生文，直接正面來了。「你們掌握兵器太久，該換人了。」

黑暗屏障被撞擊的同時，我也終於和外面的人聯絡上，被我留在甲板的小飛碟準確定位我們所在的空間維度，邪神後方的黑幕驀然被撕裂，出現光明的線紋。

一支箭射穿了黑暗，貫穿邪神的身影，擊碎迫人的虛幻，強制把空間重新帶回輪船。

此時原本快要半沉的輪船已整艘重新被固定在海上，凝結破裂船體甲板的寒冰散發幽冷的霧氣，不少狂信徒躲避不及直接被做成一根根冰柱，臉上那抹失去理智的狂喜在冰層裡看起來異常詭異，連血肉凝冰都沒讓他們感受到痛苦和懼怕。

第二支箭擦過我和夏碎學長兩人中間的空洞，直接把靠近我們後方的小灰影連頭釘在甲板上，箭矢處帶著強悍的封鎖力量，竟然掙脫不了的小灰影翻滾著扁平的身體，瘋狂地彈跳捲動，然後被追隨上來的刀鋒插進小身軀，硬生生地強迫停下掙扎動作。

我抬起頭，看見豔紅色的衣袍在高處飄動，穿著紅袍的人手剛從還在振動的破界弓弦上離開，面具後的凌厲眼眸狠狠瞪著下方。

站在小灰影前的萊恩彎下身，把手上另一把大刀也插進碎片身上，不得動彈的邪神碎片發出最後一聲詛咒，直接散化成灰，邪惡捲出甲板，重新出現在另外一端，但也不敢靠過來了。

不知道從哪出現的萊恩看了我們一眼，抽回雙刀，微微皺起眉地抬起右手，其中一把幻武刀面上出現一絲污痕。

就在我們被扯入幻境空間時，輪船上應該也經歷了決定性的爭鬥，而且是我們這方佔上風，狂信徒死的死、傷的傷，大多已經被打走，食魂死靈掉落的裂縫重新被封鎖，大大小小的亡靈碎片被原地封鎖等待事後處理。

半身殘破的黑術師回到小灰影身邊，流越和學長也站到我們面前。

「我們會再回來的。」小灰影發出陰森的聲音，就像條帶著惡臭的長蟲緩緩鑽進每個人耳裡，不懷好意的話語想要刻進我們的靈魂，聽起來輕飄飄，卻難以從記憶裡驅逐。「本座是天武大御尊，與你們先前所見過的小輩不同。」

「本座是，戰神尊。」

下一秒，邪神碎片與黑術師同時消散在空氣當中。

第三話　古家族

「哥！」

威脅一離開，千冬歲甩手收起幻武兵器直接跳到甲板上，我連忙鬆手閃到旁側，讓他可以順利撲到他哥身上。

一回頭，哈維恩正好走到我們身邊，學長與流越等人就站在附近處理後續事宜，現在仔細一看，才發現不少支援袍級已經到來，連去孤島裂縫那邊的黑袍都回來大半，難怪狂信徒撤得這麼乾脆，只留下殘破的輪船和那些走不掉的信徒群……不是我要說，我這輩子搭兩次郵輪，兩次都差點鐵達尼，我是和郵輪犯沖嗎？

就不能給我一次溫馨美滿的旅行嗎？

就在有點感慨時，我看見持著法杖的流越朝我們走過來，旁邊是皺眉的學長，兩人目標都是已經和邪神接觸過的夏碎學長，拿下了面具的千冬歲臉色更加不好，如果硬要形容，他看著他哥的表情大概和看一個重症末期的病人差不多。

「手。」

流越站在夏碎學長面前，相當乾脆地傳聲。

夏碎學長也乖巧地抬起手，不看還好，一看連我都跟著倒抽口氣，這傢伙的左手背上已經出現和祭壇上一樣的野獸圖騰，整個鮮紅鮮紅的相當刺眼，就像豬肉上面被蓋紅色的合格章，完完全全就是囂張宣告這個人被邪神盯上還做好記號，隨時要來回收。

雖然這時候其他支援的袍級們已各自去清除船上的危險和追擊狂信徒，不過還是有不少人留意這個方向，而且我猜他們也可以感受到這裡的超低氣壓，看歸看，沒幾個人敢上來確認狀況，連我都有種想要跟隨本能逃走的慾望。

「萊恩。」千冬歲這時候無比鎮靜，我本來以爲他會在第一時間大發飆，然而他沒有，紅袍只是冷靜地喊了下他還在盯著受損幻武兵器的白袍同伴。

說時遲那時快，靠近大家的萊恩反手一轉，原本的幻武大刀消失，轉變成一柄銀白色的長刀，而且還對著夏碎學長砍過來。

按照夏碎學長平日的反應，襲擊的那瞬間原本應該躲得掉，但是他一手被流越抓住，羽族明顯沒打算放手，所以這個不到一秒的破綻讓他直接被刀鋒砍中，長刀筆直插進胸口。

眼睛都沒眨一下的萊恩鬆開手，銀白色的刀在他掌中散去，變成虛幻飄渺的光點，全都沒入夏碎學長身上，一咪咪傷口都沒有留下。

「你們……」夏碎學長只吐了兩個字，人一軟，昏厥過去。

學長在另一邊架住人，鬆開手的流越從法杖上的小球取下一抹光點，直接拍進夏碎學長額頭。「暫時能讓他身上的追蹤失效，但維持不了太久，狂信徒與邪神碎片隨時都會再來。」

「謝謝。」學長點點頭，把已經沒意識的夏碎學長當米袋扛起來。

短短幾秒內，我活生生直擊夏碎學長遭砍現場，一時之間反應不過來。

「走了。」千冬歲環顧了一眼，沒有解釋，腳下瞬間張開巨大的紫金色圖騰。不是我們所知的常用傳送陣，雖然有傳送術法的構成，但圖騰中央是龍形紋路，看起來更像私人或家族的空間通道。

我不知道他的「走了」有沒有包含我在內，但我也在那個圖騰上，還沒來得及跳出去，周圍景色一扭曲，連著哈維恩一起被集體打包離開。

「啊……」

聽到意外的單音，我回過頭，發現居然連流越都被帶來了，這時我才確定千冬歲一定是氣昏頭了，外表看上去很冷靜，但是心裡絕對已經暴走不知道幾次，導致他根本沒有挑人，把範圍內的全都一起帶走，簡直跳樓大拍賣，一抓一大把。

現在把流越丟出去也慢了，黑衣的羽族八成一頭霧水，不知道為什麼自己會在這裡，呆愣幾秒鐘後，他就往我和哈維恩的位置挪近一點，可能是因為現在他認識的只剩下我們兩個了。

……希望不會被式青揍。

轉移的短短幾秒間，我抬起手看小黑蝶，那個小東西已經沒有反應了，最後一絲力量用盡後我有感覺到上面被賦予的生命力跟著消失，黑蝶躺在我手上，變回指甲大小的黑色紙屑。

突地，周圍氣溫一降，一片雪花飄到我手上，正好蓋住黑色小紙片。

我們被傳到銀白的雪地上，天空正在無聲飄著棉絮般的細雪，前方有些遠的距離出現一座老舊的日式宅邸，就是那種日劇、動漫會出現的古代庭院式建築；傳送陣法的終點正好在這建築的某座庭院，可能是前庭，偌大的空間除了白雪還種有高聳的松柏與造景植栽，兩側廊口上掛著蒼白的紙燈籠，在安靜的雪景中看起來有點奇異。

千冬歲回過頭，好像這時才驚覺自己順手把不相干的人也綁過來，不過他依然表情沉穩，非常有禮貌地先向流越道歉：「很抱歉，失禮了，我盡快安排您回返……」

「沒關係，孤島一事我尚欠這幾位恩情，我想在邪神方面能夠幫得上忙。」流越也沒有怪罪千冬歲，聲音淡淡地回應，表示他要留下協助。

再度向羽族致歉，千冬歲才帶著我們先往建築物移動。

雖然周邊有保護結界，不過飄雪和雪地在精神上還是給人一種會冷的錯覺。我忍不住下意識搓了搓手臂，一邊的哈維恩突然一件黑大衣蓋到我身上，衣領上還有一圈毛草，十足保暖，都不知道他啥時候又「進貨」，這件長大衣明顯是新買的，以前沒看過。

糟糕，現在越來越習慣有人管理生活，改天哈維恩甩手不幹，我大概會連最基本的外套都忘記帶。

「餓嗎？」萊恩無聲無息地走到我們旁邊，因爲他頭髮紮著，白袍的氣勢感很強，倒是沒有蒸發。「這裡是歲私有的資產，沒有外人，想要自己動手做東西也可以。」

感覺萊恩很熟悉這個地方，看他完全沒有初來乍到的陌生感。

「夏碎學長沒問題吧？」看著走比較快的其他人背影，我有點不太放心被扛著的某紫袍。雖然眞的想揍，但我更擔心他現在的狀況，萊恩插的那刀不曉得有什麼效果，只知道無害，不然千冬歲不會放任。

「嗯，那是幻武『幻夢』，之前千冬歲帶我取得的，可以有限度地控制精神和夢境。」萊恩跟著我的視線看過去，然後抬起手拉開白色長袖，讓我看他手臂，這時我才發現他手上有枚淡銀色的紋路，隱隱的力量氣流飄在空氣中，往夏碎學長方向連結。

「你還在控制幻武兵器？」我有點驚訝，沒想到萊恩居然一直是使用幻武的狀態。

萊恩點點頭，放下袖子，持續控制幻武對他似乎還算輕鬆，沒有顯露出吃力的模樣。「還可以維持一下。歲說這個邪神會侵蝕精神和夢境……我們前幾天就收到消息了，最壞的打算就是現在這樣，讓我暫時管理夏碎學長的夢境，不會被邪神意念侵入。」

管理夢境？

我看了看萊恩，又看了看被扛著的夏碎學長，突然想發問：「你怎麼管理夢境？」

「呃……把一段我製作好的美夢放進去，在幻夢掌控的時間內他只會有這個夢，其他沒有。」萊恩有問必答地回我。

萊恩的美夢嗎？

「請問您的美夢是什麼？」我總覺得我好像可以猜到萊恩的美夢是什麼。

「商店街全是飯糰店！」萊恩秒答。

我拍拍同學的肩膀。「你很棒。」

就把那個混蛋關在滿坑滿谷的飯糰裡面好好反省自己吧！讚！

※

千冬歲把我們帶到一個超大的木造房間，裡面已經布置好一層層結界，上面都是看不懂的圖文，有點像日文，但又有很多古老文字，屋內四周擺設各種法器，連常見的破魔矢都在其中，就算是我也可以感覺得出來這房間裡有的重重封鎖。

學長把夏碎學長扔進結界法陣中心。

我開始認眞思考這裡除了可以把人關禁閉以外的其他用途。

萊恩確定人送到點位後才逐漸收回幻武兵器，只見淡銀色的光點從還在昏迷的夏碎學長身上浮起，接著在他上方緩緩凝形，再次恢復成那把長刀的模樣，最後一顆光點沒入刀尖上後，長刀直接回返到萊恩手上，安靜得彷彿乖巧的孩子。

摸了摸幻武兵器，萊恩將武器化回豆子收起。

「整個術法陣與靈魂連繫還要一點時間，我先帶你們去休息。」再三確認他哥短時間內不會甦醒，千冬歲把同樣失去意識的黑蛇翻出來放到一邊，才鬆了口氣退出房間，臉上充滿疲憊。連串事情讓他勞累不堪，我都有種他瞬間老八歲的錯覺。

「我在這裡看顧，你們去吧。」學長揚揚手，看上去沒打算離開。

出祭壇後一整個混亂，我也還不知道這邊到底在搞什麼，所以沒有反對，就跟著千冬歲腳步先往旁邊的院子移動，其他人當然也跟著走。

夏碎學長出事後學長的話一直不多，有時候給我種嚴肅沉思的感覺，他好像在思考某些問題，而這些都來自於他的搭檔。

踏在寂靜的長廊，流越把法杖收起來，似乎有點疑惑地「看」了一會兒廊外的雪景，又伸手摸了摸懸掛在上方的燈籠，這才加快步伐跟上在轉彎處等待的我們。

可能是在孤島被關了八百多年，成天精神緊繃沒有娛樂消遣，來到陌生土地上不用擔心敵襲的羽族顯然開始露出了一絲好奇心，走一段路他又有點脫隊，幸好千冬歲他們也沒顯示出不耐煩，注意到流越停頓時千冬歲乾脆在廊邊停下，邊等待對方跟上，邊和我聊了幾句。

我讓哈維恩留意一下流越，別讓他在哪邊摔倒，就慢慢地問起這幾天發生的事情。

一開始和其他人說的差不多，大家都只知道我們突然消失在海上，千冬歲因為是情報班，所以比其他的袍級還要更快取得消息，幾乎在第一時間知道我們出事，而學長身為夏碎學長的搭檔，還和妖師有很深的牽扯，於是同時間被通知。

出乎我意料之外，千冬歲其實就在首批前來搜索的人裡面，還直面見過流竄在海上的小灰影，參與了輔助到場公會袍級們壓制小灰影的任務，隨後在捕獲黑術師的行動中得知夏碎學長被作為獻祭品的事情。

當時也在場的萊恩默默補了句那時候千冬歲一拳就把黑術師的牙齒打飛三顆。

氣炸了的千冬歲整個大抓狂，極快地先確認祭壇內的邪神身分，幸好他還維持著理智，拜託學長盯著海上變化，他帶著萊恩衝回來準備這個結界陣法，打算一找到夏碎學長就先把他隔離，不讓邪神碰到人。

沒想到千冬歲前腳才一走，我們後腳就出來，布置陣法需要花時間，竟然就這樣硬生生錯過，等他趕到時他哥已經和我被拖進灰影幻境空間裡面了。

雖然千冬歲精簡快速地說明狀況，不過我深切地聽得出來他咬牙切齒，除了憤怒自己動作太慢致使晚了一步，還生氣夏碎學長拖著那個身體到處招惹事情。如果不是因爲夏碎學長現在的處境太讓人無言，我懷疑千冬歲可能想做個籠子把他哥關起來。

「謝謝你照顧我哥。」大概已經把孤島前因後果弄清楚的千冬歲推了推眼鏡，褪下身上的紅袍掛在手邊，很認眞地看著我說道：「幸好你在他旁邊。」

「……我是覺得沒幫上什麼忙。」環起手，我認眞地反看回去，十足想把他哥的惡行惡狀再描述一次，但我感覺千冬歲應該不會去揍他哥，所以就算了——看看他連砍人都叫萊恩去砍，自己不動手，可見有多寶貝對方。

「不，因爲你在他身邊，至少他還有點顧忌。」千冬歲握緊拳頭，眼角有點發紅。「學長說他平常獨自行動會更亂來。」

「……」就像放一半血讓紅龍王出來揮一爪子那種亂來嗎？

好吧，看來有人在他身邊還是有差。

至少當時如果我在他身邊，我很可能會在龍爪出來之前，先往他腦袋揮一巴掌，我說很可能，就只是很有可能。再重申一次，那兩人是搭檔實在是太好了，經歷過這段時間發生的事情，我現在眞他媽覺得誰和他們搭檔誰倒楣，精神上倒楣，他們組在一起彼此折磨根本絕配。

當年我一定是眼瞎才會覺得這兩人是神。

「那個人在堆雪人沒關係嗎？」靠在廊柱邊的萊恩突然丟了一句過來。

我和千冬歲同時轉過頭，看見流越蹲在雪地裡，整個人縮成小小一團，長袍尾端在軟軟的積雪上鋪開，單薄的黑衣和雪地的純白形成強烈對比，他手下拍出兩顆雪球堆成一個小雪人的樣子，哈維恩在幾步遠的地方盯著，沒走過去破壞奇妙的寧靜。

八百年沒玩過雪的羽族啊……

不知道爲什麼突然覺得有點小可憐，不好意思打擾他。

「我們在這裡站一會兒，先把內廳再弄暖些。」千冬歲突然開口，但不是對向我或萊恩。

這時候我才發現其實周圍有人，竟然把氣息收到完全無法感覺，如果不是千冬歲開口，我還眞不知道有其他人在我們附近，這讓我突然背脊冒出一點冷汗。

一道人影在廊下閃過，瞬間消失不見。

其實大家身上都有各種保護和結界，是不用刻意再把屋內弄暖，我猜大概千冬歲多少在意著流越一身重傷殘疾，儘可能想把外在環境調節到最好，讓人待著精神上也可以很舒服。

又聊了幾句，話題重回夏碎學長身上。

千冬歲在現場看過邪神祭壇後立刻就可以轉回來布置那個隔離術法，又讓萊恩準備控制心夢的幻武，這讓我覺得他應該有那個邪神的相關情報。

果然問出口後，千冬歲點頭，坦然回應這個猜測：「雪野家確實有僞神情報，神諭之所無可避免須和各方神靈打交道，我們的先祖留下大量記錄，其中關於各地僞神就有不少記載。天武大御在雪野家古紀中出現過幾次，最後一次已經是三千多年前的事情，我一看見祭壇名字就知道這事情無法善了。」

那就是在孤島沉淪後數百年的事情，我本來以爲那東西跟著孤島沉寂，看來不是這麼回事，而是換地方作祟了。

想想也是，如果他有一批忠實的狂信徒，信徒們又在各地建祭壇，那很可能碎片會遍布在我們不知道的地方，這要查就得查各地歷史，是個大工程，留給那些認眞的人們去加油好了。

「僞神被信徒封稱天武大御，善長操弄人心與吞食魂靈，且可把得到手的力量轉化爲己有。他極度狡猾謹慎，全盛時期因作惡多端，本體在自由世界差點被聯合軍擊碎，逃出六界外後就不再親入六界，一直以來都是驅使狂信徒尋找獻祭品，將自己的一部分置入祭品後作爲分身降臨六界，引起各種戰爭，即使擊殺他的借體也不會損傷本體，所以才會讓他成長爲擁有近神力量的龐然大物。」千冬歲頓了下，對口中說著的傳聞主角露出了絲微怒意：「雪野家在古紀事上，便曾經有位先祖差點遭到僞神吞噬，雖然及時請神保住一條性命，但已經遭到污染，從此和家主位子無緣。」

聽起來是某一任的準家主被邪神陰了。

這樣算起來眞的是大事，難怪千冬歲看起來會這麼生氣……我越來越相信這個邪神執著夏碎學長是故意的了，根本和人家祖先有過節，八成在發現夏碎學長身分後就打算繼續噁心雪野家，順帶製作自己新的借體。

憂心忡忡地思考各種可能性，我隨意看向庭院雪地，流越正好把那個巴掌大的小雪人捧起來塞到黑蓋頭下……我靠等等！這個大祭司的設定難道不是高冷中的高冷、冰山上的一枝花嗎！

「哈維恩不要讓他亂吃怪東西！」

夜妖精在聽到我的喊叫瞬間，已經出手奪走那個小雪人，沒有讓羽族大祭司對著雪人腦袋咬一口。

「？」看著空空的手，大祭司無言的茫然傳遞過來，很不解爲什麼我們要阻止他。

這是因爲他記憶受損有缺失不知道雪是什麼，還是他原本性格就有點天然？

我還眞判斷不出來，跟他不熟。

爲了不讓四千年前留存的最後一條血脈外加地位至高的大祭司拿地上東西亂吃，哈維恩乾脆把人帶回來，我們也直接朝內廳前進，不再耽擱了。

一踏進內廳就看見鋪滿榻榻米的地板早擺好小桌與各式茶點，暖呼呼帶著微香茶味的空氣迎面而來，當下渾身泛起懶意，想要就地趴下滾兩圈。特別是我戰鬥方式原本就很耗精神力，現在有這麼舒適的地方，強壓的頭痛和暈眩疲憊一下子湧上來，叫囂著想好好休息睡一覺。

「你們先吃點東西再休息，我已經讓人在旁邊的房間準備好被鋪。」千冬歲還是很細心，即使他很可能分分秒秒都想衝回去蹲在他哥旁邊，但依舊理智地盡著自己身爲此地主人的職責，先替我們安排好休息處與吃食，並沒有因爲擔憂將這些禮儀丟到腦後。

這時就能看出千冬歲果然是古老大家族養出的小孩。

還沒到正餐時間，替我們準備的茶點是九宮格木盤，每個格子裡都有不同的菓子，一個個看上去非常精緻可口，每一格講究得彷彿一張風景畫，漂亮到讓人捨不得吃。

與我們不一樣的只有萊恩，他的九宮格全都是飯糰，各種口味的飯糰，而且每個飯糰還都裝飾得很像小工藝品，顯然這裡的人不是第一次幫萊恩準備點心了，完全符合他的喜好。

另外就是流越的手邊多了一小盤剉冰，細緻的雪花冰還被捏成雪人的形狀，周圍堆滿香甜的配料，大概是彌補他剛剛沒咬到庭院雪人的遺憾所特製。

「千冬歲。」看著我這位同學，我還是忍不住開口：「夠了，我們等等自己會休息，你先去夏碎學長那邊吧，大家都熟人了，不用講究。」雖然在主人家這樣對主人說話很沒禮貌，可是我還是覺得不要再浪費千冬歲的時間比較好，他比在場任何一個人都還要焦慮害怕。

「歲，我幫你招呼他們。」萊恩適時地開口。

千冬歲有瞬間露出感激的神情，然後他點點頭：「謝謝，我待會兒再過來。如果你們想知道什麼，就問萊恩吧。」

「快去吧。」

※

萊恩所謂的幫忙招呼，就是直接放生大家，讓大家自由發揮。

反正只是在廳裡吃東西，在座所有人都不是會無故拆房或互看不順眼就原地鬥毆的個性，反而是不特別搭話就會全部安靜縮在自己小世界的性格，所以一時之間倒也沒發生什麼事，但是場面也變得很冷清。

「還有幾天就是觀禮，歲希望你們暫時先在這裡小住，雪野家有點事情他想順便解決，我通知過喵喵，她手上事情處理完會趕過來。」把飯糰吃乾淨後，萊恩才打破寧靜，再次說了先前說過的話：「歲這裡不會有外人，你們放心留下。」

「觀禮？」狀況外的流越反問了句。

我和萊恩把雪野家的神諭觀禮將在幾天後舉行的事情告訴對方。

其實我不確定千冬歲是否會邀請流越，但是他既然把人留下，又讓萊恩傳遞讓大家在這邊待到觀禮開始的時間，應該是有打算邀請大祭司一起前往，不然只把流越丟在這裡好像也怪怪的……雖然帶去好像也哪裡怪怪。

不過撇去不熟這點不說，流越的身分參加觀禮還是很足夠的，而且說不定算是重量級人物，雖然孤島上他們只過了八百多年，外界卻已經是四千多年，羽族大祭司根本變成傳奇裡的存在，絕對有資格作為嘉賓。

不過，千冬歲想要解決雪野家的什麼事？

剛剛進來時不知道是不是因爲這裡是他自己的私宅，感覺似乎沒有大祭典前那種忙碌準備的氣氛，更看不見人來人往，整座宅子冰冷肅靜，如果不是我先前就知道過幾天會有那場重大宣告，我也看不出來怪異的氣氛感。

這時羽族突然出乎我們意料之外地開口：「雪谷地後裔的請神前祭觀禮？」他的話語一樣是全部人都可以接收到的聊天模式，並沒有刻意迴避誰。

我愣了一下沒反應過來，因爲他說的和我知道的不太一樣，反倒是萊恩皺起眉，有點疑惑地回答：「您知道雪野家族前身的事情？」

四千年以前的時間，看來千冬歲的家族眞的很古老，不過聽起來他們最早開始的家族似乎並不是使用雪野這個姓氏？可能和我們妖師本家一樣，也是後來幾次改過名諱，現在使用的是白陵。

流越沉思了一會兒，搖搖頭：「有點想不起來……不是很清楚，但曾經聽聞過。」

我順便告知萊恩，關於流越記憶受損的事情，萊恩明白地點點頭，沒有繼續追問，反而是回答他所知、可拿出來和我們一起閒聊討論的內容：「雪野一族最早的確有一段時間在雪谷地立足，當時也被稱爲雪谷神臨地，雖然和現在神諭之所不同，但同樣會和神靈打交道，成爲各地勢力與某些特定神靈溝通的橋梁。」

聽起來就是靈媒和巫師的相關業務。

「現在的雪野一族是雪谷地經歷過兩次大毀滅後，倖存下來的後代分出來重新建立，也不再和大量神靈往來……應該說在雪谷那邊遭到打擊後好不容易得到了庇護，所以現在雪野家族只以傳達供奉神靈的神諭為主。」萊恩想了想，看向我：「你應該也知道他們供奉的主神靈是什麼。」

「龍神吧。」多次聽他們提起龍神，連夏碎學長都說過雪野家有龍神大典和祭龍潭，請出來的也是紅龍王、黑龍王這些存在，所以庇護他們的主神神靈不難猜。

夏碎學長之前甚至還想把追兵弄進去雪野家的禁地陷害龍神呢！

這樣回推，雪野家就是龍神庇護的古老家族，那麼在被龍神眷顧之前的雪谷地，應該比較類似那種沒有限制種類，可以到處請神的靈媒、神巫家族。

人類歷史上其實這種存在還不少，也不讓人意外，人最喜歡請召各路神明了，請不夠連孤魂野鬼陰邪凶魅都召，胃口超大，看看台灣本身自己超密集的廟宇就知道業務需求有多龐大。

「嗯，雪野家除了擁有龍神庇護，也有龍神的血脈。」萊恩很認真地繼續解釋。

「混血？」那不就是人神混血一類的傳說嗎？

對了，以前和喵喵他們聊天時也確實說過千冬歲他們家族在遠古時是什麼神族後裔，看起來當時就是指龍神。

「對，但是很薄弱。可能和妖師有點像，雪野家的混血後裔特徵與能力只會出現在被選上的繼承人們身上，他們稱作『被選上的人』。這些人很可能都是未來的家主繼任選擇，不過擁有龍神血脈特徵的大多都會顯現在本家直系上，也經常以直系血脈得到的繼承最為強大。」萊恩解說道：「力量還未穩固之前的繼承者體質不穩，等到整體能力穩定，會確認是屬於人類這方，或是龍神那方。」

「龍神那方？」我想了想，套用一下動漫電影的老梗設定：「就是他人的部分或是龍的部分會傾斜變高對吧？」這就有點像是我可以把黑色和白色種族的部分調整了，不過我是有練過，可以自主挪動。

「對，血脈還沒固定的體質會在龍神血脈與人類血脈間搖擺不定，龍神們也還不會決定由哪位龍神或龍王擔任主庇護，等到變化停止後便可舉行龍神祭禮。選擇並承認當代接任家主的龍神會降下力量和神諭令新家主名正言順接任，之後就會奠定一切。」點點頭，萊恩算是同意我的說法：「歲有時候體質會傾斜成龍神那邊，不算人類時就必須回家族禁地待一段時間梳理力量，否則龍神血脈的力量會膨脹，吞噬、擠壓人類的生命力，有點像是失衡；那時候混血者的力量較弱，可能會有殺手趁虛而入，或者那些……」

哪些？

萊恩並沒有把後面的話說完。

「雪谷地的人族原本就善於與神靈溝通，他們的體質在混血前就已經備受寵愛……這位雪野家的少主正在面臨成爲『神諭』或是『神祭』的時間點吧。」坐在一邊的流越開口，然後偏著腦袋想了半晌，聲音再次傳來：「他選擇成爲人，或是半神人？」

萊恩搖搖頭，「看歲自己的選擇了。」

「有差嗎？」聽起來好像都是差不多的東西？

「神諭的話就是接任家主，成爲傳遞神靈話語的人。但是神祭是把自己獻給龍神，清洗掉人類的血脈，變成龍神那一方，龍神會把洗盡人類血液的獻祭者帶走，雪野家就得另外再找新的家主。」非常熟悉別人家族歷史狀況的萊恩轉過頭，回應我的發問：「獻祭很危險，雪野家選擇獻祭的都死了，清洗血脈後，能夠承受龍神力量的人幾乎沒有，不是過度虛弱衰亡，就是受不了力量直接暴斃。就很像……一個盒子裡面只能裝一顆飯糰，但是有人強硬要把十顆飯糰塞進去，不是飯糰扭曲變形，就是盒子爆開。而且歲說龍神其實拒絕繼承人獻祭，因爲混血很弱，祂們看不起混血，不想要混血進入純龍的領域。」

「喔，所以獻祭應該是人這邊單方面搞出來的選項。」既然龍神不接受混血，那龍神庇護的起始恐怕一開始就只是祂們裡面有族人和人類玩玩，不小心留了混血子孫，又顧及這點血，才會庇蔭可有可無的人類後代成爲神諭，當個龍神在這世界的代言人混口飯吃，至少不餓死還可以在人類世界收一波名譽。所以獻祭這個選項一開始就不存在，只有不信邪的才會去獻祭。

因爲有個魔龍跟在身邊，所以我可以理解龍神的想法，龍族對於自己的形體和力量都很驕傲，不會容許有很弱的東西混進去。對祂們而言，龍的世界只能有強者，弱者都必須被淘汰。這麼一來，即使眞的有人成功挺過換血，去到龍族未必有好日子過，搞不好還會暴斃。

「妄成神者大多不會有好下場，雪谷地的後代自取滅亡應該也怪不了他人。」流越淡淡的聲音下了個註腳。

畢竟不是自己家族的事情，萊恩就沒繼續評論人家古代家族先輩的想法和問題了。

其實站在人類這方的立場，想要把自己獻祭進入神的領域這個冀望也沒有錯，從古至今誰不想成神，有了先天條件這個誘因，站在高處起點的人很難不會有往更高處去的想法。

不然墮成邪惡的存在不會這麼多。

只是在這其中，夏碎學長背後的家族又牽連多少？

我突然想起當時遇到的七葉家的學姊與另外一人了，七葉家與雪野家、藥師寺家有數百年恩怨……

藥師寺家的替身和雪野家的選擇有關係嗎？

總覺得我好像想到什麼令人毛骨悚然的事情，連忙甩甩頭，別人我不敢肯定，但是千冬歲一定不會這麼對夏碎學長。

還是別亂想對心靈比較好。

第四話　神諭與神祭

吃飽消化後我們就各自去安排好的和室休息。

不過在那之前我們又重新檢查了身上的武器靈符，發現果然又被小灰影破壞一輪，但沒有第一次那麼嚴重，這該歸功於大家都有防備了，所以損壞的只有部分符咒，還有如萊恩那樣兵器直接接觸灰影造成的傷痕，大致都在可修復的範圍，只是得要凝聚力量和時間。

我是在幾個小時後清醒過來。

這時候外面的飄雪已經停了，捲著棉被滾到拉門邊推開一小條縫，看見白色庭院如畫，當初設計庭院的人一定把四季景物都放入構想裡，光是這樣小小的院子就展現出一方寂靜的美麗白色世界，看著看著心靈就跟著沉澱下來。

其實妖師本家的院子也是類似的一步一景，不過兩者韻味不同，各有各的美感。

本來還想欣賞一會，不過這份恬靜的心情只維持到我把視線往上移。看到站在白色樹梢上的黑影時，我整個人瞬間踢開棉被跳起來。

還沒衝出去就看見下方的夜妖精，突然又鬆懈放心了。

黑色羽族背對著房屋，面向的是落日方位。雪停之後，天空雲層散去不少，這時已經接近黃昏，拂開軟雲的空中慢慢被染成金紅色，下方與雪地融在一塊的部分又有點帶紫，把原本單純的白景渲染成華麗的色澤。

我坐到長廊下，無聲地看著日落，就這樣安靜地，直到天空開始畫上暗藍的入夜色彩。

就在這時候，我聽見輕飄飄的聲音傳來：「式青這次沒與謁摩同行嗎？」

「誰？」陌生的名字讓我皺起眉，快速回想一下，似乎在幻獸的雲海島上沒聽過這名字。如果是指一起進入的飛狼們，就不會提出這個問題，所以顯然也不是指牠們。

「我想起來……那是與式青相熟的獨角獸菁英武士，不知道他有沒有逃離。」似乎在喃喃自語，流越沒有搭理我的回問，輕巧地從樹上跳下，一個腳印也沒有蓋在雪地上，就這樣踏雪無痕地走過來，回到走廊上。「他現在去哪裡了呢……」

可能他並不是在問我，而是在整理他破碎的記憶，所以沒有期待我的回應。

想想有點不忍心，可能他記憶中的那些人九成都沒了，式青也不在這裡，我這個局外人沒辦法代替幻獸們回答誰還存活，更無法協助孤獨的羽族確認記憶。

流越就這樣沉默了短暫時間，直到庭院屋舍點燃了燭火照明，院落的石燈籠裡自動跳出火焰，懸掛在各處的紙燈籠也飄出幽幽的光點，把夜晚的庭院描繪成與白天不同的風姿，轉化為新的優美景物。

萊恩從黑暗裡走出，身上的白袍已經換掉，穿著一身比較輕鬆的便服，見我們三人都在，他抓抓頭，開口：「那邊陣法連結穩定了，你們要過去嗎？」

去當然是一定要去的。

稍微梳洗過後，我們跟著萊恩又穿過重重院落，回到安置夏碎學長的地方。

大老遠就可以看見夜空下，學長杵在走廊台階邊，正在和廊上的千冬歲說話，千冬歲換了一身暗色常服，沒戴眼鏡，光影交錯下竟然有瞬間和夏碎學長的影子重疊，我這才猛然想起其實他們兄弟倆真的長得很像，只是千冬歲平日都用眼鏡遮住大半張臉，而且性格比較尖銳強勢，讓人不自覺忽略這點。

注意到我們到來，兩人同時抬起頭，停止交談。

「公會那邊已經傳遞過訊息，他們知道狀況，會盡力控制祭壇與狂信徒動作。」千冬歲等到我們走近才說道：「我知會過妖師一族，漾你暫時留在這裡沒問題。」

我反射性看了眼學長，他點點頭，應該是已經幫忙通知過黑王，兩人在我們休息期間把該聯繫的相關人等都安排過一輪了，看來還真的可以在這裡留到觀禮那天，算算也沒幾天了。

「夏碎學長沒問題吧？」雖然知道他們處理過，我還是不太放心。

「他短時間內沒辦法作祟。」可能就是堵在這裡鎮壓紫袍的學長低哼了聲，大有如果現在屋裡的人跑出來，會被他往死裡打的狠勁。

所以說，你昨天早該揍他，把他打得下不了床他就沒這麼多事了。

「僞神善控心智，他的心早已抹上黑暗，再度被找上只是時間的問題。」流越好心地提醒著：「你們現任的家主若能出面，越早處理越好。」

「他別想碰我哥！」千冬歲突然一個低吼，完全掩蓋不了猛烈的怒意。

「？」不明白家庭糾紛的羽族愣了愣。

「雪野目前的家主無法處理。」學長頓了頓，半瞇起眼睛，似乎在思考要怎麼對流越說明，過了幾秒後才道：「他現在可能無法請龍神，應該說疑似被『神拒』了，雖然還是可以聽到神諭與召請小神靈，不過沒辦法請祭龍神……這是我們的猜測，但可信度很高。」

不知道爲什麼，雖然聽不懂，但是我感覺千冬歲他家族內部似乎發生很嚴重的事情。

家主無法請龍神是我想的那個意思嗎？

一直沒吭聲的哈維恩這時候突然開口，語氣有點不滿：「你們這些白色種族連個人都護不住嗎？」

學長斜了夜妖精一眼，冷冷回答：「如果沒有雪野家的問題，我願意用盡我可以付出的代價換夏碎的自由，千冬歲也一樣；但是夏碎想要自己處理，我不能罔顧他的意願。」

「你們在說什麼？」我看了看哈維恩，又看看學長，直接卡入他們兩人中間，「哈維恩，說實話。」我聽得出來哈維恩是在爲夏碎學長抱不平，這幾個月我們出入獄界一起學習，也常常三人跑黑王交付的任務，所以哈維恩其實早已經默默把夏碎學長劃在朋友的範圍內，兩人也經常湊在一起研究術法，相處得很好。

「先前我就懷疑了。」哈維恩嗤了聲，還是很不滿，但沒有把那份不爽朝我發作，公事公辦地報告：「夏碎和你一樣用過凝神石，他的身體狀況不應該這麼不穩定，至少出入獄界不會有影響，沒有受傷、不是舊傷，扣除人類身體較弱以外，那就是他最原始的問題——血脈。」

夜妖精忿忿地繼續開口：「先前你們在說龍神血脈的事情，其實就已經證實這點了，他是直系血脈，很可能會受到本家的影響，都已經成年了，雪野家竟然沒有處理？難道白色種族的外姓人不屬於血親嗎？爲什麼用了手段隱藏那些變化？」

夏碎學長之前會暈是因爲龍神血脈？

我怔了幾秒，只覺得眼皮狂跳，早先時候的懷疑讓我有種驚悚感，但我還是認爲千冬歲不會做這種事情，於是稍做個深呼吸，對生氣的哈維恩安撫幾句，才轉向學長：「雪野家應該只有繼承人會有血脈特徵，夏碎學長又是什麼狀況？」

難道藥師寺家的繼承人也會有血脈特徵嗎？

他不是沒有繼承任何力量的普通人嗎？

什麼跟什麼鬼啊？

我真是沒想到一趟幫魔獸看一眼故鄉可以爆出這麼多事情，從孤島事件到現在牽扯入雪野家的豪門祕辛。

難道是因爲過年沒有去拜拜的關係嗎？

明明我就已經很少詛咒自己會衰了……哎等等其實也不是我衰，是其他人衰。意識到這點時我很誠心地思考我以前有沒有在心裡祝他們發生事情、結果應驗，不然這一連串下來眞的有夠詭異的，活像被早期我的霉運附身。

該叫他們一人準備一個火盆跨看看了。

學長看了看千冬歲，等到後者表情複雜微微點了頭後，才開口：「夏碎的狀況有點特殊，他脫離雪野家後完全封閉往來管道。藥師寺一族原本就不與被替身者走太近，不論是否血親，他們其實就是歷史下人族爲了某些變故製作出來承擔危險的影族，有點像你們以前遇過的克利亞。近年和千冬歲因故接觸其實不在他的預計當中，雪野家自然也不會關注他的身體問題。」

千冬歲皺了下眉，微微張口似乎想要反駁，不過終究還是沒有打斷學長的話。

不想接觸的事情我也知道個大概，是不想執行替身時雙方被私情影響。然而我覺得其實這點，夏碎學長也沒有做得很徹底，如果他眞的有心想和千冬歲切八段，打從最開始就不應該和千冬歲對話，身爲紫袍的他完全有能力把和弟弟見面的機會降到最低。

然而他們還是接觸了。

我想，夏碎學長終究沒有他自己所說的那麼堅定，相反地，他太不狠心決絕，直到後來替身事件曝光，千冬歲差點崩潰，死纏著照顧他，夏碎學長這樣半推半接受，大概就是他無法說出口的私心。

如果沒有家族的問題，夏碎學長應該還是很想要和千冬歲當一般正常的兄弟吧。

千冬歲八成早就發現這個矛盾，才會死纏爛打跟著他哥，情緒跟著大起大落，就怕他哥哪天又想不開，眞的連對話的機會也不給。

講眞的，有這麼一個狠不下心、忽冷忽熱的哥哥，千冬歲沒精神衰弱也是抗壓性很高了。

話說回來，夏碎學長出事之後，雪野家沒有關心就算了，我似乎也沒有感覺到藥師寺家族有表現得比較在乎？

「替身家族本身容易亡故，因此沒有外界傳統家族連結那麼親密，夏碎也拒絕藥師寺一族過多的關心，雖然他是繼承人候選，不過藥師寺家族的備選人與長老很多，隨時可以替換，地位對他們而言並不重要。」大概是看出我在想什麼，學長補上這麼句：「那傢伙太狡猾，有很多方法可以掩蓋自己的身體狀況，或者避重就輕，平常我沒注意也會被騙，他習慣藏起隱憂，怪不了其他人。」

……學長根本沒資格說別人。

冷眼看著身體也一度千瘡百孔的半精靈，我只想翻白眼噴他。

哈維恩嘖了聲。「白色種族毛病眞多。」

我也這麼覺得。

徹底接受自己黑色種族的身分後，我突然發現白色種族的顧忌和規範有夠多，三百個種族就有三百種起跳要注意的事情，黑色種族反而簡單很多——搞不定的事，大部分都可以用拳頭搞定。講道理是心情好，不講道理是正常，隨手撿垃圾是驚人的善心，燒死一堆垃圾就是該有的個性。綜觀下來，被追殺的妖師一族眞的很理性，理性到不像普遍認知的黑色種族，沒有妖魔們的隨心所欲，直接毀天滅地、夷平六界。

有鑒於此，我偶爾會覺得其實學長的思考方式很黑色種族，對於不爽的對手一言不合就開打，大概獸王族都是這種調調吧，看看那個當年還把鬼王踩在腳底的西瑞。

「對了，夏碎學長這樣就不能出席觀禮了吧？」胡思亂想了一會兒，我突然想到幾天後的活動。畢竟要宣布的是和自己有關的事情，千冬歲應該還是很在乎夏碎學長有沒有到場，說不定當場就是要宣布龍神相關或者選定家主了呢。

話一說完，我就注意到千冬歲奇妙的心情變化，主要是他周邊的氣流不自然地顫動，似乎對他哥參不參加觀禮有想法。

「哥不參加也好。」果然，千冬歲神色嚴肅地說：「雖然我肅清過一些雪野家的勢力，不過觀禮那天還是有人打算搞出動靜，我剛剛才和學長商量，讓我哥留在這裡養傷和避開僞神。看海上的狀況，很可能狂信徒也會盯上觀禮，採取些動作。」

「有需要幫忙嗎？」我總覺得雪野家裡面是不是眞的很危險？爲什麼千冬歲會用「肅清」這種詞？「如果眞的需要幫忙你要開口，我一定幫你。」

千冬歲微微笑了笑，然後搖搖頭，就像平常般帶著驕傲與堅定。「不用擔心，我可以應付，就是家族派系鬥爭，畢竟神諭之所利益龐大，家族枝葉散太開，繁衍出各式各樣想要坐大的親戚，從懂事開始沒少見過，都習慣了。」

我默默地看著千冬歲，開始思考他情報班的能力搞不好還是跟親族互毆練出來的，要把那些龐大又不懷好意的親戚弄掉，首要就是收集他們的老底，再分批消滅。

站在一邊的萊恩可能想說點什麼，他看了看千冬歲，又看看我，最後啥也沒說，而且因爲他表情太平淡了，我根本猜不出來他的想法。

「這次觀禮主要究竟是什麼呢？」雖然聽他們一直在說觀禮有關千冬歲，還有龍神啥的，不過我是比較好奇核心內容是什麼。「如果不方便說也沒關係。」反正過幾天就可以知道。

「沒什麼不方便的，在家族內部也不算祕密。」千冬歲很大方地說道。然而我們所在的位置不是聊天的好地方，所以他便先確認夏碎學長的狀況，接著把我們領到旁邊的小書房，學長依舊留在原地以防意外。

小書房已經有人提早布置過，裡頭不出意料地整個暖洋洋，擺好了茶點小食。

等所有人都坐好，千冬歲才繼續話題。「剛剛學長不是說過雪野家家主——我父親無法請神，雖然不知道父親遇上什麼阻礙，不過每當新繼承人逐漸成熟穩定後，原先的家主力量也會漸漸衰退，直到被新一任家主完全取代，可能父親疑似無法請神有部分是這個原因，所以才會這麼臨時發布觀禮。這次觀禮最主要是家主對外宣告即將在神諭告知的時間傳承家主之位，以及我的第一次洗禮。」

「洗禮？」

「嗯，不論是神諭或是神祭都有洗禮儀式，神諭的首次洗禮儀式是請家族長老與最親近的親人朋友做祝福禱式，然後報告龍神們，簡單地說這次觀禮就是通知外界和通知龍神們該開始準備認識未來的新家主，傳統祭祀程序走完差不多就結束了。龍神們日後會選出新任家主的守護龍神，以後也會由這位龍神庇護新家主與降下主要神諭，在正式繼任家主的大典上會同時宣告，到時你們來還可以見到難得的龍神降世。」千冬歲雖然嘴上說得很熟練平常，不過神色有點喜悅，似乎也很期待自己正式得到龍神認可與守護的那天。「觀禮時邀請的親近人們也會得到龍神的祝福。」

我愣了一下，突然明白千冬歲爲什麼會給我們邀請函。說眞的有點感動，沒想到他心裡眞的把我們當朋友，而且還希望自己的祝福儀式上有我們。「你邀請黑色種族不會有麻煩嗎？」這點讓我很介意，雖然我很高興千冬歲的心意，可是我的出身擺在那邊，怕給他帶來困擾。

「我敢把邀請函發給你就代表我不怕。」千冬歲直直地看著我，眼神清澈，毫不閃躲。「你就是我雪野千冬歲認定的朋友，誰有意見，先過我這關。」

衝著這句話，以後夏碎學長搞事我就拚著會死也要揍他。

⁂

「外面有訪客？」

還沉浸在朋友認可的感動中時，流越的聲音打破氣氛傳來。「結界外，七人，試圖解除外圍隔離。」

「那叫入侵者。」千冬歲冷笑了聲，一絲惱怒閃過，隨後懶洋洋地彈了下手指，木格拉門外瞬間出現一道黑色身影。

「本家似乎知道夏碎少爺在這裡，派人前來迎接。」黑影不用等發問，逕自俐落回答，聲音很沉，聽得出來是個有點年紀的男性。「少主回來時已經有人來過，按照少主的意思驅離，現在又換人前來，正在破壞守護結界與門戶。」

「誰的人？」瞇起眼睛，千冬歲深色眼瞳劃出一點紫金色的流光。

「家主。」黑影回道。

這瞬間，空氣起了變化，很顯然千冬歲周遭氣氛一冷，明確表示外面的來者不受歡迎，他也沒有說什麼，外面的黑影便主動消失，沒多久回來後說明已再次把外來者驅逐。

本來以爲趕走，家主應該會有自知之明意識到，千冬歲不想要有人打擾他們兄弟，但等我們被請去吃晚餐時，流越告訴我們又有人衝擊大宅外面的守護結界，想要闖進來，來者人數多了一些，和保護宅院的護衛起了一波衝突，不過後來還是被趕走，足見這座宅子裡的護衛群也不是省油的燈。

這情形維持到了深夜，我們各自回房休息前已經出現三波人意圖破壞保護結界，到最後那輪時，流越可能也覺得有點煩，羽族大祭司問千冬歲要了宅院的布陣圖，直接加上一些輔助，當場把防護壁加強兩、三倍不只，這次連護衛隊都不用出手，站在裡面看入侵者焦頭爛額就可以。

狀況有點詭異，於是我沒打算睡，在房間裡冥思休養精神力，順便把黑暗力量和水力量的水晶往魔龍和米納斯的大豆上灌。邪神碎片的破壞力太怪，總覺得他刻意研究過怎麼封鎖幻武兵器……應該說有力量的器具，包括靈符在內；雖然沒辦法完全破壞，但幻武每幫我們承受一次攻擊，就被消耗力量封鎖一次，這樣對我們而言眞的很危險，得想辦法反制或迴避。

到下半夜，我精神恢復到一定程度，就拿出空白靈符製作一些備用品，正在繪黑符時，庭院猛地傳來細微鈴聲，拉門隨後被推開一小條縫。

「夏碎那邊有動靜。」一直守在門外的哈維恩低聲說道。

「走。」

我把物品全放回身上，二話不說和夜妖精馬上離開房間。

匆匆到達時，其他人也都到了。

一隻不知哪來的烏鴉站在屋簷邊，發出刺耳的叫聲，隨著牠每叫一聲，空氣中就有某種東西被慢慢撕開剝離，原先安靜的雪夜開始滲入一陣陣壓力，像是漣漪蕩開成圈，壓迫著保護院落的術法結界。

千冬歲一見那隻黑烏鴉，二話不說轉火符為弓，赤色的箭搭上，眼也不眨直接彎弓放箭，看似沒有瞄準，卻一箭射進烏鴉的小腦袋，赤箭燒出熊熊烈焰，把哭喪般的鳥給捲成灰。

不用千冬歲解釋，我立刻可以知道這是有人故意把式神放進來耀武揚威，表示接著要來的水準和前面那些被擋下的完全不同。

「現在還不能動。」坐在台階上的學長彈開掉下的雪塊，突然冒出一句：「還差一點。」

「我知道。」千冬歲皺起眉，和站在旁邊的萊恩交換了一眼。「至少得撐到……」

「你們在說什麼？」

有點虛弱的聲音突然打破夜風裡的緊繃，我們全都嚇了一大跳，特別是正在和學長交談的千冬歲。大家一陣沉默後，立刻集體震驚地轉向據說應該會被術法鎮壓而無法動彈的人——扶著門框的夏碎學長臉色很蒼白，無力地彎起平日那抹溫和的微笑。「眞是……別把大陣用在我身上。」

大概是沒想到夏碎學長竟然可以這麼快速從陣法裡掙脫，學長驚訝後立刻一個箭步衝上前，並沒有朝對方臉上揮拳頭，而是直接拽著對方衣領，極度暴力地強制把人拖回屋裡，丟回結界陣法中心，接著滿臉陰鷙地暴喝：「你想死嗎！」

「暫時還不打算死。」夏碎學長竟然還有心情和學長抬槓。

這次眞的被氣到一個極點，學長踩進陣裡直接一個拳頭往夏碎學長腹部下去，把本來就有點站不穩的人揍倒在地。

如果不是時間地點不對，我眞想拍手叫好。

夏碎學長被揍倒後，四周溫度高速下降，這時候我們看見空氣裡一張一張不知道用什麼辦法被藏匿起來的靈符被冰霜覆蓋顯出原形，前前後後出現十多張，單薄的紙張結冰後往下掉，在榻榻米上咚的聲，碎成粉末。

我到這時才猛然驚覺，夏碎學長被萊恩砍那刀瞬間看似什麼都沒做，但他早就布下反制，而且沒讓大家看出來，竟然連流越都被瞞過去了，這些暗手一直到這個地方才發揮作用，把壓制他意識和行動的陣法緩解，解除昏迷狀態。

「哥！你知道你在幹什麼嗎！」隨後進屋的千冬歲氣得眼睛都紅了，原先因爲外面有人要闖進來、很壓抑的焦慮情緒在這刻一起爆發出來，地面徐徐轉動的陣法光芒映在他臉上，都快能代表他的熊熊怒火。然而他不像學長出手揍他哥，而是蹲下身，用力抓住對方的肩膀。「邪神侵蝕的是你的心！你不能再作夢了！黑術師設了陷阱，你的夢是他的橋梁，你知道嗎！」

摀著腹部的夏碎學長沒有抵抗，任由他弟咆哮，在千冬歲吼完大喘氣時才抬起手，拍拍弟弟的手背，「我知道，但我也沒有軟弱到會被邪惡驅使，即便是橋梁，他們也無法如願。」

「聽你放屁。」千冬歲終於忍不住爆粗口了。

夏碎學長突然笑出聲，接著連忙抬起手做一個投降阻止的手勢，以免他身邊的搭檔和弟弟真的忍不住聯手痛毆他。隨後在兩雙凶狠的目光下解釋：「黑術師利用夢境時我也發現對方的手段，所以提前為自己做了些保護，只是比較意外邪神碎片能夠直接透過印記近身。」

一想到突然出現的小灰影，我也一陣發涼。

「你……」千冬歲咬牙，不知道是不是想罵髒話，不過他的修養還是沒讓他對他哥噴出來，只是說道：「這是四神封咒，你得在這裡待一晚，讓大陣與你靈魂連結，明早會幫你準備替身借體，短期內邪神碎片會將替身當成你本人。」

「我明白。」夏碎學長點點頭，神色突然出現一點遺憾。「不過，恐怕是等不到了……」

站在屋外的我們感覺到這座安靜的白色院落終於有東西闖進來，巨大的力道揭開籠罩在庭院上的守護結界，竟然連流越之前的安排都被輕易解除。數道身影急速降在黑暗院內，與此同時，我們前方也快速閃出七、八條黑影，直接在階前拉開一字線，阻擋入侵者。

擋在我們前方的是穿著黑色制式勁裝的小隊，我記得以前看過千冬歲在雪野家的隊伍「蒼」，但這支黑色小隊顯然並不是，而在他們前方的入侵者穿著的卻是擁有雪野家家徽服裝的隊伍。

「有必要調動『空』來侵入我的私人領域嗎？」千冬歲站起身，越過我們，走下台階，神色冰冷地看著那支菁英戰士。「父親？」

從那支雪野小隊後走出的是名約莫四十多歲的成年男性，身穿傳統正式的男性和服，掛有雪野家徽，與千冬歲和夏碎學長有幾分相似的嚴肅臉孔沒有一點笑意，反倒給人如山海般深沉的極端壓力。

不怒而威。

我對他的第一印象就是這四個字。

「動用私人影衛阻擋父親派出的使者，想破壞觀禮進行，你認爲父親不須以相等的『空』來制止你的胡作非爲嗎？」男人低沉的嗓音帶著些許殺伐意味，銳利的視線先看了千冬歲半晌，然後才一一往我們這些在場人士身上掠過。

萊恩向前一步，與千冬歲並肩。

「冰牙與燄之谷的殿下，似乎不適合插手雪野一族的家事吧。」雪野家主冷淡的目光停在學長身上，後者擋在門前，還把拉門一關，直接隔絕裡面的夏碎學長。

「你們龍神後裔的內部鬥爭我沒有興趣，但夏碎是我的搭檔。」學長冷笑了聲，甩手握住從掌中拉出來的銀色長槍，直接殺神一般站在門前，釋出的戾氣不亞於對方。「當年夏碎帶我來的時候就已經說了我們會彼此照顧，現在你想對夏碎出手？那就不是你們的家事，夏碎的事就是我的事。還有別忘了，他姓藥師寺，哪來你們雪野的家事，腦殘嗎。」

針鋒相對的氣氛太強烈，就算我還沒搞懂現在是什麼父子相殘的戲碼，我也連忙站到台階上，準備一起迎敵，跟著的夜妖精甩出彎刀，直接消失在黑暗中伺機而動。

「雖然不明白雪谷地後裔的舉止，然而瑟菲雅格還欠屋內者恩情，請別妄動。」流越走向前，法杖重新出現在他手上，杖底敲擊上雪地的同時，被破壞的結界重新聚合，且繪出新的守護，在兩支隊伍中間隔出圖紋流動的術法牆，瞬間切分出安全的小空間。

我盤算了下，流越可能是目前我們這邊最強的人，但不知道雪野家的家主力量如何，還有目標是什麼……如果真的狀況不好，八成又要準備跑路了。

另外，雪野家主所謂的破壞觀禮又是什麼意思？

千冬歲不是也在籌備觀禮嗎？根據他稍早跟我解釋觀禮時期待的樣子，不像是有打算破壞觀禮的進行吧？

就在這時，與家主對瞪的千冬歲開口，聲音飽含著不滿與連我都可以察覺的憤恨：「破壞觀禮？哈！你所謂的觀禮，是『神諭觀禮』還是『神祭觀禮』？你一個晚上不斷派人要來帶走我哥，你在打什麼主意？如果不是你親自來，我還眞不想相信那些人來是出自你的命令！」

「……別鬧。」像在看無理取鬧的小孩，雪野家主淡漠地甩了兩個字過來。「你想阻礙雪野家賦予你的機會嗎！」

「我不要！」千冬歲大吼：「龍神庇護雪野一族已經仁至義盡了，我們該遵守的是『神諭』，不是妄想『神祭』！」

「這是唯一的機會了，你以爲夏碎成爲你的替身是什麼意思？他願意主動替你死！」雪野家主聲音也不自覺高了，帶著強悍的威權語氣，大有種命令的意思：「他這次親自前來觀禮，你要浪費他的苦心？」

「我從來沒有想過要夏碎哥當我的替身，而且是你們欺騙他，欺騙藥師寺家族，讓我哥一直以爲他要面對的只是新任家主可能遭到的暗殺。」這時重新收拾情緒的千冬歲再次把聲調壓低，以冰冷爲武裝，忿忿地說：「龍神賦予我們的是神諭，將進行的也只是神諭觀禮。」

「動手！」雪野家主不再廢話，兩個字一落，整個庭院突然大亮起來，直接曝光了已經把我們團團包圍的軍隊，不只庭院，庭院的出入口、圍牆頂、屋頂上全是黑壓壓的攻擊隊伍，幾十把架箭的彎弓纏繞著凶惡的攻擊術法，全部對準我們。

被流越切出的空間遭到另外一隻看不見的手用力推回。

「月守眾，這不是你們該干預的。」雪野家主身後出現一抹黑影，猛烈強悍的力量壓來，像把鐵鎚敲擊在我們周邊的守護結界上。女性的聲音帶著笑，並沒有出面，而是再度傳來：「雪野家等了千百年才等來這次唯一翻身的機會，你就別插手和你們羽族不相關的事了，這是人類自己的事。」

「妖仙就可以干預了？」流越槓回去。

「至少我是雪野一族供奉的神靈。」女性終於悠悠地從雪野家主身後飄出，一身雪白和服的少女噙著微笑，半浮於空中，織帶與黑髮往四周飄開，乍看還真有點飛仙出世的感覺。

「照雪姬。」認出少女，千冬歲嘲諷地說：「別貪心了，雪野家不會少了祢那份供奉，祢還是回去好好修練早日出六界吧。」

「但我卻想回報，實現雪野一族長久以來眾人的希望。」少女淡淡地笑著：「『你』只是一人不希望，但『雪野家族』卻是千百年來流傳至今的渴望，一人想推翻那些先祖的血淚，這樣眞的好嗎？是不是太自私了些？」

「如果他們眞的有那些願望，死也想要達到，就不要把全部責任放在血緣上面，自己去修練成仙。少拿那點血脈做文章，龍神們至少還看得起他們。」千冬歲不以爲然地瞥了自己父親一眼：「我的未來我自己決定，別用過去那些失敗者作爲壓力——還在等什麼！」

後面的話已經變成大吼，而且不是對我們。

隨後就聽到尖銳的嘯聲，一支箭射上黑色的天空，金色的光芒撕開黑暗，一雙幾乎整個院子大小的巨大的手緊握成拳，直接對著入侵者們重重搥下。

少女也同時有了動作，一拉織帶，上翻的雪片組成巨熊，朝天空撲去。

轟然巨響，原本寧靜的庭院霎時天搖地動，碰撞氣流炸開，混亂帶來的灰白粉霧往所有人身上席捲而來。

第五話　噩夢

再次恢復意識時，幾乎要將天地撕裂的撼動感已經消失。

不遠處似乎有人在說話，聲音很細，聽得出來是女性壓低嗓子的聲音，有些溫柔，又有些眷戀。不知在交代什麼，但語調聽著很舒服，讓人隱隱能體諒她那些深埋於心的哀愁和遺憾。

其實這說話聲是陌生的，應該不是我認識的人，感覺是別人的夢境一角，在半夢半醒之間不小心透過某些連繫浸染到我，在我即將醒來時，所有聲音散去，再也聽不見他們的談話。

眨眨眼睛，我覺得眼前好像一片白光，一時幾乎無法視物，幸好在我遲緩地正要大驚嚇前，一片白裡開始慢慢出現輪廓，連耳邊的聲音都清楚不少，過了幾秒，終於看見坐在旁邊的學長，他換了套便服、手上拿著杯子，視線相對後挑了下眉，往我頭上拍拍。「再休息一下，神格層次的力量碰撞對黑色種族來說有點難消化。」

「醒了？」

我反射性點點頭，蜷起身體。醒來後身上有種怪異的凝滯感，好像被人打了幾拳一樣，全身痠軟不舒服，使不上力氣，還和魔龍他們連不上線。

學長解釋了這是因爲照雪姬的對手是千冬歲另外請出的自然神靈，兩位都是存於世界的小神靈，雖然不及六界外那種恐怖存在，但白色力量依然不容小覷，雙方對撞炸出四散的光明，有時候會對周邊的黑色種族造成些許影響，不過沒有正面接招就還好，休息一會兒等侵入身體的強勢餘力散去就可以了。

過了幾分鐘後，乏力感才漸漸消退，再次睜開眼睛，這才發現我們已不在千冬歲那個院子了，而是在另外一個地方，依舊是日式建築的室內，不過這房間的地板是鋪木的，有些小家具，看上去現代化許多。

房間裡只有我和學長，沒看見哈維恩和其他人。

「哈維恩他們在另外的房裡，有人照顧。」學長看出我在擔心什麼，直接說道：「你的狀況比較特別，他們不把你分開安置會不安心。」

他們？

我支起身體，發現房外有幾層結界，看起來是警戒我，門口刻意放了一些封鎖，確保我不會隨便從這裡亂跑出去。

……大概知道他們在怕什麼了。

「是我們認識的人嗎？」熟人不會把我關著，會把我關在這裡的是知道我妖師身分的人，這麼一來應該有不小的機率是我知道的人，而且恐怕對我有敵意，所以學長才會留在這裡確保我的安全而不是哈維恩，夜妖精和妖師站在同一邊，所以也被分開。

學長在這裡同時說明一件事，對方只對我有敵意，對白色種族沒有，其他人比我安全很多。但對方恐怕也不弱，所以在這裡的是學長不是萊恩，流越大概是和千冬歲他們在一起防止夏碎學長有變化。

雪野家主？

不對，換地方前已經大打出手了。

「七葉家。」學長直接幫我解謎。

「欸？」

怎麼有點耳熟。

我還在想這個七葉家是不是我認識的那個七葉家，房門突然被人唰地直接推開，走進來的是個穿著紫藍色蘿莉塔服飾的少女，上次我看見她的時候她頭髮還是粉白紫的顏色，現在已經染成偏白的粉藍色，還紮成雙馬尾辮子，妝容精緻完美，看起來依然很可愛。

「沒想到你還和神諭那幫傢伙混在一起啊，真是讓人意外。」映河七葉眨眨深藍色的睫毛，似笑非笑地打量我：「果然都不是什麼好東西。」

「……爲什麼妳會在這裡？」以前對這個美少女就沒什麼好印象了，沒想到現在又遇到，我的語氣也沒好到哪裡去。

「七葉家幫忙阻擋雪野家的追兵。」學長拍了一下我的肩膀站起身。

「啊？」我愣住。

「啊什麼啊，對於幫助你們的人，應該要表示個謝意吧。」映河七葉伸出漂亮的水晶指甲點點自己的下巴，露出一個鄙視我的神情。「早說過和我聯手，那些爲了私心想要利用神來干預世界的都不是什麼好東西，如果不是剛好發現那些神諭傢伙們的暗中動靜，你們早吃虧了。所以說什麼朋友義氣都沒用，這世界還是要看臉和實力，不如選我吧。」

我腦袋迴路還有點轉不過來，只記得這個奇怪的傢伙是獵神派，猛地整個人跳起，「千冬歲和夏碎學長呢！」

學長還沒回話，那個正在擺姿勢的美少女突然整個人往前一撲，被身後出現的腳踹進房間裡，差點不優雅地跌個狗吃屎。

「滾吧，臭小子。」出現在後頭的千冬歲放下腳，冷冷看著美少女裙子上的腳印。他看起來一點傷都沒有，還很有精神，有精神到可以槓蘿莉塔少女。「想挖我的朋友牆角，作夢。如果不是我有心放你進去，你以為你這種蟑螂一樣的東西竄得進去嗎。連雇個殺手都拿不了我的命，還敢大放厥詞。」

美少女穩住身體，回過頭，精緻唯美的臉馬上扭曲：「滾回去自己處理你老子！」

「獵神派不是最喜歡追殺神諭嗎，你要放過針對我老子的機會嗎。」千冬歲彎起一邊嘴角，極度挑釁：「過了這麼多年，還是學藝不精，還好你不是下任族長。」

「打包滾出我家。」映河七葉憤怒了。

「我哥現在這個狀況你要他滾？你捨得？」千冬歲環起手。

「夏碎可以留下，你滾。」映河七葉大怒。

我看著兩人一來一往，默默地轉回看學長：「他們其實超熟的吧。」以前初遇時印象太差了，外加七葉還買凶追殺，我還眞沒想過原來千冬歲他們私下是這種關係。啊也是，先前就說他們從小打到大。而且感覺七葉似乎不是很想傷害夏碎學長。

「差不多就那樣吧。」學長顯然對兩個互相捅刀的惡友沒有興趣。

那邊一言不合，千冬歲又把映河七葉踢開，然後才說他來的目地：「這臭小子趁我們緊急設陣把漾漾弄到這裡來，還好沒被得逞。」

得逞什麼？

我突然莫名有種砧板一遊的錯覺。

「先離開這邊吧，我沒想到事態會發展得這麼快，還以為可以瞞一陣子……去我哥那邊把事情先和你們說清楚。」千冬歲無視映河七葉的哇哇叫，逕自往我這邊走過來，臉上帶有愧疚，一反剛剛踢美少女的姿態拉住我的手臂，「抱歉，把你們扯進來了。」

「呃，我是沒關係，只要你們先把狀況說清楚。」不管是因為夏碎學長還是千冬歲而牽扯進來，我都不太介意，但前提是他們得把現在一團亂的情形講解一下，不然我覺得劇情跳得有點快，我的記憶點還在我們要對抗邪神碎片和夏碎學長身上的標記，然後要參加千冬歲的親友祝福，根本不知道為啥會突然跳躍成雪野家的內鬥篇章，這如果要寫成小說，都會被懷疑是不是作者偷懶故意減掉好幾個段落。

千冬歲拉著我，到門邊把又跳過來擋路的美少女踢開，我都不忍說了，一個娃娃一樣的女孩子這樣踢來踢去真的好嗎，本來覺得她很討厭，但是現在又覺得很可憐。

然而一點憐香惜玉之心都沒有的千冬歲懶得搭理映河，帶著我和學長大搖大擺地離開被監視的房間，熟悉得彷彿在自家走動一樣，轉繞幾條走廊後，再次推開另一扇門。

這次是個比較大的房間，比我原本那間大上五、六倍，標準的榻榻米和室，上面的天花板還是木造的結構，正中央有個松柏鶴的紋雕。

除了不見哈維恩，流越、萊恩和夏碎學長都在這裡。夏碎學長周圍有著無數拉起的紅線，每條線上都有鈴鐺，底下層層符文術陣運轉，泛出的紅光有些不祥。

流越端坐在角落，似乎在冥思又或是在休息，並沒有因爲這邊的動靜有反應。

「千冬歲請出來的御智久和差不多等級的照雪姬雙方神格力量碰撞時破壞力過大，流越撐起整個守護結界不被破壞，後來又牽制雪野家主那邊的動作，我們才有足夠的機會和七葉家的人撤離。」學長簡單地解釋了下。

我才知道當時雪野家主不知道爲什麼下狠手，可能是不想給所有人反抗的機會，如果全部的人同時捱照雪姬一下，又或者被捲入力量對撞當中，基本上都是重傷，至少要斷個兩、三根骨頭起跳，行動力是絕對會被剝奪。

現在大家手腳完好地待在這裡，最大的原因就是流越護住了所有人，才會撤離後還可以好好地在七葉家的房間裡重聚。

不過神靈可以這樣隨便帶出門打架的嗎？說好的六界規範呢？

「只是小妖神、小神靈，力量強度不足以在六界外，但又比一般種族高手還強。」學長看出我內心的碎唸，補上這句。「不過碰上像狼王、泰那羅恩那樣已經超越神格力量的王者，還是會被擊退。」

然而力量對撞對不是全盛狀況的流越來說也是夠嗆，我可以感覺到他身邊的氣流有些紊亂，應該耗掉不少力量。他本來也是該好好休息，如果郵輪上沒有變故，根本都會被醫療班扣押調養數百年的虧損和傷害，現在這樣，不知道又會對他造成什麼影響。

映河七葉最後還是跟進來，不甘不願地一屁股在我們附近坐下。

差不多這時候，消失的哈維恩回來了，手上居然還端著大托盤，都已經自動自發準備好茶水食物，連萊恩的飯糰都特別製作一盤。

我看看點心，是哈維恩平常會做、我喜歡吃的那幾樣，我就轉過去朝映河七葉一記白眼：「妳好意思讓我的人準備吃喝的？」這裡不是七葉家的房子嗎？說好你們自己的服侍者呢？讓個黑色種族泡茶妳好意思？

「給你們地方住就已經不錯了，有需求自己動手，還想我家供吃供喝？滾。」映河七葉很不客氣地噴回來：「你以為我是你家僕人嗎？沒叫你們吃垃圾就不錯了。」

「……」要不是美少女我就踹了啊。

哈維恩把大托盤的茶食放到萊恩拖過來的小桌上，只能待在紅線陣法裡的夏碎學長也靠過來，還是那個微笑，接過夜妖精遞給他的茶杯。

「好的，你們可以開始招供了。」

我一拍桌子，升堂。

※

對於雪野家和藥師寺家，我最早認知就是神諭之所和替身家族，一個是負責和神溝通、預言、消災解厄，一個是用肉體幫人擋災的。

接著是比較隱晦的私事，夏碎學長雖然是千冬歲的哥哥，不過因爲沒有被家族的什麼東西選上，沒繼承血脈力量，所以只是普通人類……雖然我覺得他造孽的程度一點都不像普通人，然而他眞的就是個先天力量不足的人類，於是因此被從雪野家族的名單剔除。

說到這邊，其實我先前就覺得奇怪了，就算一點力量都沒繼承到，但畢竟是家主的直系小孩、千冬歲的哥哥，夏碎學長究竟是基於什麼理由非得離開雪野家不可？說是要回去繼承藥師寺家族也很奇怪，藥師寺家聽起來也不乏強者，原本的家主和直系應該還有其他的小孩，似乎沒有必要特地從雪野家把嫁出去女兒生下的兒子、還是沒力量的兒子，弄回藥師寺家。

夏碎學長離開雪野家這件事情本身就不太對勁。

雖然他有個爛理由是因爲這樣當替身死了才不會因培養出感情而讓人難過，這點後來細想是眞的覺得很爛。凡是有點良心的人，聽到自己的親人當自己的替身十成十都會愧疚和痛苦，如果不會痛苦，還樂於讓親人替自己去死的傢伙，又何必要替他去死。

我認識的夏碎學長有點小狡猾和腹黑，絕對不是那種悶頭、毫無條件替冷血智障送命的爛好人。

說到底，果然還是家族內部的隱情吧。

「這傢伙是這幾代以來血脈力量最濃郁的繼承者。」映河七葉翻了翻白眼，不客氣地用雕花水晶指甲指著千冬歲的臉，正確地說應該是對著人家的眼睛。「平常是棕黑色的正常眼睛對吧，動用力量時會變成紫金色，這就是龍神尊留給他們的神血最明顯的力量象徵。」

說起來我認識眼睛會變色的人還不少呢，這個象徵也太菜市場了龍神們。

千冬歲拍掉美少女差點捅進他眼睛的手指，有點難受地看向正端坐著喝茶的夏碎學長，語氣添雜些微苦澀。「我一直以爲是因爲我出生之後，雪野家不待見哥，才會讓哥和……哥的母親心冷，離開雪野家，雖然想知道你們過得如何，可是藥師寺家的消息封鎖得很嚴實，幾乎完全打聽不到，知道哥是我的替身也是學院戰那時候的事情了。」

其實除了學長外，我們都差不多是在學院戰那個時間點才知道夏碎學長是千冬歲的替身，那時千冬歲被嚇得至今還有好大一塊心靈陰影，而且我看他大概快要一輩子治不好了，因爲他哥替身都還沒解除，就拖著那個人類身體繼續試探弟弟的神經線，也順便鍛鍊我們這些旁人的理智線。

「哥，你當我替身眞的只是爲了……」

「我確實是爲了讓你能活著當上家主。」夏碎學長微笑著接下千冬歲的話，然後將茶杯輕輕放在身邊，有點蒼白的臉孔帶著往常的溫和，看著和他相似的血親面孔。「我的母親與你的母親感情有如最親密的姊妹，我應承過母親會親眼看著你成爲雪野家族長。」

千冬歲哽了下，低下頭，有點無助地搖了搖。「我母親也要我承諾庇護哥你的平安，你的諾言會讓我失信於母親。」

氣氛又開始變得沉重。

旁邊的學長突然用手肘撞了我一下，我吃痛地嘶了聲，摀住差點被撞斷的手臂，滿臉問號地看他，不知道哪時候又惹到這個人了，居然變成用撞的。

學長回瞪我，這秒我突然福至心靈，猛地理解學長的用意。

千冬歲對夏碎學長有愧不敢多問，夏碎學長切開是黑色的什麼都不告訴人，現在我是受害者代表，他們必須對我說明狀況，很有可能這也是唯一一個可以讓這兩兄弟面對面、彼此好好開誠布公的機會了。

「等等，你們先不要各自小世界。」趕緊打破沉默，我努力用力死命地在腦子裡擠問題。依然聽不見魔龍他們的聲音，又不能正大光明問學長參考意見，我有種孤軍奮戰的苦命感，然而還得肩負起幫同學兄弟破冰的重責大任。媽的誰要付我腦細胞的安葬費？

下意識又往學長那邊看一眼，我突然抖了下，不知道是不是看錯，但我一瞬間眞的看見學長驕傲的血色眼睛裡飄過請求的示弱意味。

學長是什麼人？

他不是人，是史前巨獸，人生只要有難關擋在他前面，他就吼的一聲張開獠牙硬碾過去，渾身浴血也沒有服軟選項。

然而現在對我發出拜託的眼神？

我有種即使腦子本體安葬也一定要幫他到底的使命感了。

咳了兩聲清清喉嚨，我再次看向千冬歲和夏碎學長。「我們講慢一點，從頭讓我釐清狀況。夏碎學長你之前也告訴過我，你當替身主要是想要保護千冬歲順利當上族長，護他躲過死劫，對吧？」

「是。」夏碎學長眼神清明，立即回答，表示他這點沒有對我說謊。

「千冬歲知道，但不想要夏碎學長作爲替身……哎我說其實千冬歲眞的有能力保護自己，夏碎學長你還是再考慮一下你弟的心情。」我差點又開始碎碎唸，連忙先閉上嘴，往千冬歲那邊看。

「我確實知道我哥要保我成爲族長，我不需要我哥作替身，說眞的我連其他替身都不用，除了『蒼』，我也培養不屬於家族、只屬於我的影子部隊，我有能力保護自己，近幾年更肅清過旁系那些惡意的傢伙，除了學院戰那種突發狀況以外，已經很少人能在奪位上對我產生威脅，萊恩也知道這些事。」說著，千冬歲往他的搭檔方向看過去，坐在不遠處正在嚼飯糰的萊恩回以點頭，證實千冬歲的話。

「放屁，我就能殺你。」映河七葉噴了句。

「滾！」千冬歲一個盤子砸過去，兩個人差點再次當場開幹。

兩人又鬧了幾句才安靜下來，等待他們吵鬧止歇之際我喝了幾口茶，整理整理思緒，正好重新繼續發問：「如果夏碎學長原本的意思是保護千冬歲不受暗殺和爭鬥死亡，千冬歲也沒有其他的想法……那麼雪野家主那些話又是什麼意思？」

雪地上我們都聽得很清楚，千冬歲和雪野家主爭執「神諭」和「神祭」，這麼一來，觀禮一事根本不單純，也未必能如千冬歲的願。

「雪野家要進行神祭，利用夏碎學長替身承受千冬歲在神祭中會產生的死亡，你們兩個一開始就知道這件事嗎？」

我不得不多想，最開始我突然想到這個可能性時也是毛骨悚然，更別說夏碎學長先前就有種好像知道千冬歲在某個時間點一定會死的反應。

我眞的不想去多想。

想要讓繼承龍神血的人進行神祭，然後利用他的兄長作爲神祭必定的替死。

他們兩個到底知不知道這件事？

「我不知道！」

先出聲的是千冬歲，就像受傷的野獸一樣，千冬歲整個人又氣又急，聲音發顫，手指底下的榻榻米差點被他直接挖破。「神諭觀禮……我以爲只是例行的宣告祭禮，一直到我邀請了漾漾你們後我才發現觀禮的安排流程不對，並不是正常的傳統觀禮。我暗中派影衛去調查，才發現有人似乎試圖想要在當日宣告神祭。我原本認爲是一些不甘心的人想要鬧事，沒有往父親的身上想。」

雪野家主其實也藏滿深的，千冬歲在肅清家族內部時沒發現，安排觀禮時也沒有問題，是直到幾日前他得知夏碎學長確定會赴宴後才注意到觀禮的某些流程被細微地調動了，正要徹查和動手拔除相關人等時，我們在孤島那邊自爆了，他一整個焦頭爛額又得去查邪神，好不容易把我們逮回他的私人院落，考慮著要藉由邪神一事讓夏碎學長在他私人領域避避，忍痛不讓自己最在意的兄長在觀禮上爲自己祝福，他父親後腳就跟上來了。

大概是因爲千冬歲在家族裡眞的有某些手段，又或者有其他更重要的原因，以至於他爸不惜曝光，直接要來扣走夏碎學長，態度之強硬，幾次派遣使者未果，直接就帶著神靈，不顧得罪其他人、甚至我們背後所代表的勢力來搶人。

要知道我和學長後面抬出來的都是會讓人驚嚇的歷史大族，由此可知雪野家主這次是眞的狠下心一定要得手。

「我只是先前有些懷疑，沒想到父親是眞的有這種想法，畢竟藥師寺家並沒有這種替身記錄，無法確認一定能成功。」比起千冬歲，夏碎學長平靜許多，似乎這件事情也在他考慮過的範圍裡，甚至有點無奈地帶笑說道：「不過也難免，如果千冬歲眞的撐過神祭洗禮，說不定他能成爲眞正的龍神後裔，雪野家在歷史地位上就會不同。」

「難免個鬼！」千冬歲怒道：「龍神們的態度很明顯，雪谷地到現在的雪野，我們都只是神諭，如果龍神想讓我們走出六界外，早就會把雪野一族帶走。雪野家族長久以來只是貪圖神之血脈，想要利用這點血越界，而不是靠自己拚盡努力走出六界。」

「沒錯，看來你們也知道自己該死的點在哪裡！」映河七葉大聲贊同：「求得滿天神靈，利用根本不該有的力量影響歷史，還要把藥師寺一族拖下水，你們早死早超生比較好。」

「閉嘴！干你什麼事！」千冬歲不忘轉頭對七葉家的死對頭大罵。

趁他們又打起來，我再次整理所知。

目前的狀況就是雪野家這個古老家族最初始擅長請神，可以驅使神賦予的力量改變某些事。後來得到和龍神交配的機會，使他們擁有神血，大概是進一步完善了神諭力量，我猜應該是比以前的雪谷地更強，背後還有個龍神靠山。

坐穩龍神後裔和神諭之名，就與很多得到力量的人一樣，他們也開始想要把自己的神血發揚光大，即是讓自己眞正成爲龍神後人——洗去人類的血，留下神血，完美的狀況下將成爲半神人，甚至就是神。

不過這個念頭不被龍神接受，所以至今神祭洗掉人類血的做法沒有成功過。

現在有個龍血比例比較濃的千冬歲，於是他爸把念頭打到他哥的替身上面，想要把洗血後會暴死的危險做一個保險，讓夏碎學長去送死，提高千冬歲順利神祭的成功率，進而完成家族長久以來無法觸及的偉大夢想。

……不是我要說，經過學長和我們自己妖師一族的事情，我才在想爲什麼我們成年要經過這麼多大風大浪和麻煩。

如今一看，才發現原來其他人成年也是一堆麻煩啊靠。

你媽的古老家族傳承。

※

映河七葉最後被千冬歲按著打一頓，然後丟出房間。

「我絕對不會讓哥因爲這種事情去死。」千冬歲蹲在夏碎學長面前，兩人中間隔著一條條紅線，他不方便踏進去，只能很認眞地看著被保護在裡面的兄長。「雪野家進行的只能是神諭觀禮，我也只會讓他們進行神諭洗禮。想踏出六界外，我要靠我自己的本事，不需要龍神們或誰的施捨，雪野家那種不切實際的老想法早就該轉變了。」

夏碎學長帶著微笑，平靜地看著自己的弟弟。「我相信你會……我母親說過，千冬歲與雪野家那些執著的人不同，你會重整那些不該有的執念，爲此，我才信守母親的承諾，一定要護著你成爲族長。」

「我成爲族長那天，你就解除替身。我不再強求你回到雪野家，我會整頓雪野家，將藥師寺的所有替身關係都解除，你也該把藥師寺家族帶往不同的方向。映河那個臭小子雖然很智障，但他有個看法沒錯，藥師寺家不應該再爲誰當替身，扭曲對方原本該得的宿命。」千冬歲頓了頓，原本人類的棕黑色眼睛慢慢變淺，轉爲紫金的色澤。「我以雪野千冬歲之名發誓，我將成爲『神諭』，只爲人們帶來神的賜福，而不扭曲世界軌跡。」

千冬歲一直以來的訴求都很單純，他只想要夏碎學長好好的。

我的同學從頭到尾都沒有二心，他想做的就只有保護他所珍惜的一切，就算是現在知道替身能夠讓他往神的道路踏，他還是堅定拒絕這個不知道有多少人想要求得的捷徑。

會在上課時和老師對槓的驕傲頭顱在他的血親兄長前彎下頭與身體，姿態就像徬徨的小動物，既害怕又充滿渴望，用自己最卑微的姿勢，戰戰兢兢地一字一句吐露：「求你了哥，活著，我讓步，只求你活著。」

千冬歲其實眞的是個很心軟的人。

我認識他以來，他嘴巴上雖然很凶，可是對我這個初見面的同學卻很照顧，妖師身分揭露後，他還是義無反顧在四日戰爭、甚至其他事情上投入幫我，直到他自己人生大事到來，他不顧我是黑色種族也要請我作爲他的朋友給他祝福……如果對一個外人都能這麼放在心上，那就不難體會爲何他在他哥的事情上這麼痛苦。

夏碎學長沒有開口，只是伸出手，從紅線裡按住千冬歲的肩膀。

過了好一會兒，千冬歲突然起身，倉促間我好像看見他半遮的臉上滑落一滴透明的水珠，他動作很快，扭頭狼狽逃出房間。

拋棄沒吃完的飯糰，一直沒開口介入兄弟交談的萊恩快步追出去。

哈維恩大概是想把空間留給我們，稍微把空杯盤收拾收拾，也跟著退出房外，還順手把門關上，不過我可以感覺到他就守在門邊，沒有離開。

整個房間剩下我們三個……喔，還有個可能睡著沒有反應的流越種在角落。

沉悶的空氣飄了半晌，學長才嘆口氣：「你又何必。」這句話明顯是針對夏碎學長。「那年我們兩個都是走著為死而生的路，現在我的宿命緩解了，你要我珍惜自己的命，那你的呢？」

夏碎學長緩慢地轉向學長，他沒有掛著平常那種要敷衍人的微笑，臉上沒有表情，但是我莫名覺得偽裝他情緒的外殼似乎在一點一點地碎開。

「我……」夏碎學長張了張口，喉嚨裡傳出的話語有點猶疑、不確定，還有隱隱的懷疑不安。「我和千冬歲想的不同，雖然我有設想過父親可能總有一天會有那種想法，可是……如果他不是『總有一天』，他現在的作法似乎過於肯定祭禮會成功……冰炎，我曾想過的是，如果我們現在發現的事情，並不是『現在』才進行的，那我的母親，真的是因為死於襲擊嗎？」

那是某種信念破碎的聲音。

夏碎學長甚至露出苦笑，這個懷疑已經在他心中埋藏許久，然後成爲黑暗，在今日掀開一小角，卻鮮血淋漓。

「我一直說服自己，母親是死於替身襲擊，她爲了摯愛心甘情願，至死不悔。倘若父親心中對此存有一點愧疚，他就……不可能說出那番話，那年他在我面前的懊悔是……」

我明白了，夏碎學長的術法一直到千冬歲的宅邸才發動，在雪野家主到來之前清醒，他那些盤算都是有預謀的。

他想的比千冬歲還要多，他須要證實的東西也比千冬歲還多，所以他說不出口，長久以來也沒辦法正面肯定地回應千冬歲的哀求。

他因爲私心接受千冬歲的照顧，但無法完完全全向千冬歲敞開心扉，因爲他不確定自己的弟弟會和誰站在一起，也不知道自己那藏在心中的黑暗猜測是否屬實。

直到現在我才知道，黑術師所謂的絕望和黑暗指的是什麼。

學長猛然站起身，手上已經握著長槍。

血色的眼睛死死盯著結界內的人，發澀地開口——

「夏碎，你是什麼時候開始，重新作噩夢的？」

這瞬間，紅線上所有鈴鐺同時響起，聲音雖然清脆，卻給我極爲壓迫的奪命感，死亡幾乎就貼著我們臉頰靠近，在我們面前吹出一股含著冰粉的冷氣。

只一眨眼，鈴鐺霎時止住聲，整齊一致。

空氣發出斷鳴，所有紅線在我們面前盡數綳斷，鈴鐺與斷線滾落在地，發出各種碰撞哀鳴，隔離結界和守護陣法裂開，看不見的手將圖陣撕成醜陋的碎片。

「抓住它！」流越聲音傳來的同時，羽族法杖在我們面前落下，底部穿透榻榻米，釘住最後一塊守護陣法，拉出淨化的風。

我和學長一左一右伸出手，抓住夏碎學長的手臂。

「晚了。」

邪惡的笑在室內傳開，地上一顆顆鈴鐺被震碎成粉。

小灰影浮現在夏碎學長身後，扁平的小手親暱地環上對方的頸子，沒有五官輪廓的灰色面孔似乎咧開了得逞的笑，貼在夏碎學長耳邊，輕聲呢喃。

「墜落吧，本座的祭品。」

※

冰冷的空氣在臉上炸開。

我猛然回頭，看見相反的方向是一條蕭索的道路，背對著我的女性牽著單薄瘦小的孩子，他們身上的衣飾很普通，一點也看不出來是從倍受景仰的大家族脫離，更別說有成群的僕役或護衛保護他們離開。

「母親，妳會後悔嗎？」

小小的孩子抬起頭，半張蒼白的臉帶著不自然的衰敗氣色，似乎剛生過場大病，被女性牽著時努力邁開更大的步伐，好讓對方不因爲自己的動作而拖慢。

聽見了問語，看不清面孔的女性突然僵住身影。

原本牽著小手的纖細手指輕柔地鬆開，指尖慢慢貼到孩子頭上，順著柔軟的黑髮安撫了幾下，略低然而乾淨的女性嗓音回答孩子的問題：「母親不後悔，只是要讓你受苦了。」

這聲音很耳熟，好似我不久前曾在哪裡聽過。

「和母親在一起就不會受苦。」孩子微微瞇起眼，似乎很享受女性的安慰。「我會照顧母親，不論是在雪野家，或是藥師寺家。」

「夏碎……」女性嘆了口氣，聲音在風中顫抖得不成句子：「珍惜你的弟弟……他……最

後改變……的人……」

一陣狂風掃過，把話尾剩下的字都打散。

周圍再次靜止下來時，女性的身影已經不見了。

濃重的血腥味傳來。

孩子站在我前方不遠處、原本的位置，我們的腳下滿是鮮血，整個空間的地面豔紅一片，在血海的中心仰躺著那名女性，因爲有些距離，無法看清她的面孔，只能看見她染得像花開一樣的赤色血衣。

「妳……眞的不後悔嗎？母親？」

所有景物瞬間消失，不論是街道或是血海或女性。

背對我的孩子一動也不動。

「你是……什麼時候開始把這個想法放在心裡的？」我看著對方的背影，吞了吞口水，艱難地開口。「夏碎學長？」

「母親沒有必須絕對要帶我離開的理由，當時藥師寺家已有繼承人，是我的旁系表兄，母親也從未貪戀過那個位子，藥師寺一族從不爭奪地位，因爲我們隨時會死，那些都只是曇花一現之物。」孩子的聲音從前方傳來，雖然稚嫩，卻帶著一絲陰寒，沒有我們平常聊天時的和煦溫柔。「她身為雪野家的正房主母之尊，我們在那裡最後幾年卻彷彿被遺忘，我聽其他人說，母親的待遇幾乎是自天堂墜入地獄。即使如此，母親依然深愛父親，堅信著那只是家族鬥爭致使，於是我也相信母親，就算不被聞問，我們都相信父親。」

「當母親犧牲後，他沒有出聲，直到我返回雪野家，他在我面前痛苦自責，傾訴雪野家內部的腐敗，承認當時是刻意冷落母親，希望母親對他失望，遠離雪野家避開紛爭，讓我們母子可以得到藥師寺家族的照顧，不再被捲入這些惡鬥……他是真的對這些事痛徹心扉，也深深擔憂千冬歲的未來會深受其害。」

「所以雖然我有感受到隱約的怪異，但還是堅信父親的苦衷，就像母親始終深愛並深信。」

「為了母親的願望與承諾，我主動接受藥師寺家族的訓練，成為替身。替身不能讓目標產生感情，那會使目標痛苦，影響判斷，雪野家應該也有同樣的訓練，然而有時我還是會希望能知道一些關於被母親託付希望的那孩子的隻字片語。」

孩子伸出手，式神媒介從掌心掉落，觸碰到地面後長成另外一個男孩的樣子，面目清秀，帶著和夏碎學長很相似的溫柔微笑，然後男孩消失，化為一隻白鳥回到孩子的手上，最後重新恢復為式神載體。

「他心太軟，太單純了，但是很堅強，也很聰明，更不怕那些守舊派；我想母親說的話沒

錯，他會是肩負起雪野家並驅逐內部那些古老黑暗思想的最佳人選。父親也這麼認爲，甚至自豪他將是千百年來最符合龍神後裔的人選，將會帶領雪野家和白色種族走向更光明的未來。爲此，我們都願意付出血和生命爲他鋪墊……這是我曾經的信念，藥師寺家族願意付出生命與時間代價作爲替身，是因爲我們相信我們守護的人值得。我們越強，在死亡面前以靈魂和力量交換的反饋代價會讓被守護者此後更加順遂，我們用自己的力量來編織、交換他們活下去的時間軌跡，這是藥師寺家的信念與榮譽，『爲死而生』。」

這瞬間我突然有種和那孩子思想同步的感覺。

當這些信念中突然出現謊言的痕跡，懷疑的種子強壓下來，便在心裡成爲陰暗。

最後這些黑暗無聲地成爲邪惡能嗅到的香氣，就算表面再如何掩飾，性格再怎麼堅強，以陰暗爲食的邪惡總是有意識或無意識地攀附到最角落的脆弱上，把那不被外人所見的傷痕刨出血液，一點一滴地向內侵蝕骨髓。

小灰影不是眞的那麼高強可以無時無刻地如影隨形，而是因爲它們已經挖出了那條傷，把傷口作爲關不上的門扉，畫下印記，等待時機。

夏碎學長原本的試探計畫應該是放在神諭觀禮上，所以他才打算親自出席，只是在孤島事件中不巧被提前了幾天。

沒想到千冬歲這幾年肅清家族的動作也被旁人看在眼底，更沒想到家主會因爲忌憚他們兄弟越來越頻繁的接觸，突然親自出手。

千冬歲捨不得自己的哥哥，這個有血緣的高強替身很可能因爲兄弟情而解除。這麼一來，能在神祭中替死的存在就會消失，幾乎將註定失敗。

「我只是沒想到，父親會親自出手……哪怕他，驅使別人過來，有千百種理由也好，我也都會如母親一樣爲他找理由。」

「夏碎學長，別想了。」我可以感覺黑暗正在擴大，幾個大步往前，張開手抱住那個虛弱的孩子，幾乎就跟抱到一塊冰塊一樣，瘦小的身體沒有溫度，渾身發冷。

「不行，他必須想。」

懷裡的孩子突然扭過頭，而且腦袋是直接一百八十度、慢速地轉過來，和我直接面對面。根本不是蒼白的臉，灰色扁平沒有五官的面部冒出一顆顆血珠，從小灰影的身體裡傳出方才和我交談的稚子聲音：「噩夢是不會結束的，母親的死毫無意義，僞裝的悲痛話語只是要讓替身心甘情願締結魂契並付出生命時間，那麼他們的存在是何意義？擁有這身力量有何作用？信念根本全無價值，比起笑話還不如，而這可笑的小小算計來自於另外一半最親的血緣之人。」

「閉嘴！」我拉出黑暗氣息，直接把小灰影的脖子掐斷，把扁平的小身體和腦袋丟開，不意外地那玩意自動重組，又在黑色的地面站起來。

「本座雖然不如世界兵器，但本座可以帶走你身邊的人，如同這獻祭品。」小灰影退後幾步，在他身後出現了那個大型的石祭壇，祭壇中心側躺著我熟悉的身影，蒼白的臉頰上已經開始浮現黑色的紋路，紫色的眼睛有些渙散，對於身上正在發生的事情並不阻止，也好像察覺不到痛苦，無聲地讓黑暗降臨在身軀上。

「想都別想。」用力閉了閉眼睛，再次睜眼，我開始釋出屬於妖師的恐怖力量，扯裂這個幻境空間的主控權，往自己這裡奪來，反向扯住邪神的通道。「就算對白色種族失望，我們妖師一族也有他的容身之所，我支持他看誰不爽就打誰，輪不到你這個不如兵器的垃圾東西。」

「等著瞧！」

「有本事放馬過來！」

一把抓住先前灌飽力量的小飛碟，幻武兵器的意識雖然再次受阻，但我仍舊可以驅使儲存的黑暗。

壓縮的力量急速倒流進入到我的身體裡，劇烈的頭痛湧上。

某種溫熱的液體從鼻子裡滑出來，我抹了一把，看也不看，沾著那些血在空氣中畫出黑色殺陣。

「給我破！」

幻境整個爆裂，小灰影發出嚎叫，反彈出去。

「要跟我們妖師爲敵，你就給我做好下半輩子當消波塊鎮海的準備！」

第六話　用厚臉皮進去

邪神的幻境空間直接與他的祭壇聯結。

我看見的影像是真的，不過沒有顯現在影像裡面的還有另外一個人。

「褚！過來！」學長朝我喝了聲，我這才發現他身上有不少大大小小的傷口，顯然已經惡戰過一輪。

這座祭壇和孤島那座不是同一個，但基本款式差不多，夏碎學長也確實倒在祭壇中心，不過周邊樣子不同，明顯是別處建立的祭壇。黑暗還來不及將夏碎學長完全覆蓋，學長的精靈術法先一步貼滿不懷好意的祭台，強硬壓制住瘋狂往台上襲來的各種惡意與毒素。

看來是在我們兩個都抓住夏碎學長的瞬間，一起被帶過來了。

我迅速搞清楚眼下狀況，靠到學長旁邊，順手把鼻血抹一抹，硬壓下強烈的暈眩和劇痛。剛剛震碎幻境的同時差點也把我腦子跟著震盪，現在腦門還嗡嗡響著，有某種回音，讓我更氣了，如果哪天讓我逮到邪神本體，我一定找磚塊往他腦袋砸，讓他體驗我的感受。

學長騰出手，冰涼的掌心貼到我的額頭，快速減緩頭暈目眩和痛楚，直到我情況舒緩他才收回。

我呸了口從鼻子倒流到嘴裡的血沫。

這裡的空間被封鎖是肯定的，短時間內不會有人來救我們，除了要想辦法把消息傳出去，還要儘可能找到裂縫逃離。雖然學長很強，但我不覺得他可以長時間高強度地釋放精靈力量抵擋邪神和那些邪惡侵蝕。

「放棄吧……」

「放棄吧……」

「不會有好下場的……」

「不必僵持……」

「鬆手吧……」

討人厭的低語碎碎唸從四面八方傳來，雖然一片黑暗看不見人，但可以感覺到有黑術師的存在，而且我還從那裡嗅到熟悉的味道。

他媽的黑暗同盟黑術師。

我就知道那些蟑螂會見縫插針，要他們乖乖地龜縮起來是不可能的，裂川王八蛋底下就是一堆小號的王八蛋。

抬起手，我放出幾架小飛碟，用自己的意識操控這些小東西，在學長的配合下飄出精靈術法讓開的缺口，肆無忌憚地吸收起撞擊在守護結界上的邪惡力量。

有小飛碟做媒介，那些惡意雖然也被吸進去，但不會傳遞到我身上，反而會被小飛碟消化掉。這也是魔龍一直以來讓我把力量儲存在小飛碟裡最大的主因，魔龍不怕惡念，甚至可以吸收轉成他的一部分，反饋給我的就是濾過的黑暗。

雖然現在他和米納斯的意識又被擋，不過小飛碟還是可以由我自己手動操作，只是吸得很慢，畢竟是在搶別人力量，還是得跟對方拉扯搶劫。

大概沒想到幻武兵器還有這麼不要臉的功能，黑術師凶猛的襲擊馬上停了。

「再來啊。」我好整以暇地看著僵住的邪惡黑霧。

就只會欺負精靈容易被黑暗毒害這點，有本事跟純黑的種族對撞啊，拉雞！就不信你能用純粹的白色力量噴我。

「小心點。」學長拍拍我的肩膀，似乎到現在他才有時間轉頭確認夏碎學長。

在精靈結界外設下幾個黑色防壁，我也跟著蹲到學長旁邊，皺起眉看著夏碎學長。

說真的，他的狀況很差，雖然眼睛半睜著但完全沒有意識反應，左臉頰上一大塊黑色圖紋印記，拉開衣領後，頸側和左肩也全都是那些野獸圖印。再怎麼堅強的人，一瞬間有了破綻，竟然就被邪神侵蝕到這種地步，眞的讓人很心痛，都不敢想千冬歲知道後的反應。

「嗯？」學長停頓了下，挑起眉從夏碎學長懷裡勾出一張微微發亮的白色靈符，上頭的天使符紋正在運作，透出溫暖的氣流。

似乎在和邪神刻印拉扯，天使靈符越來越明亮的同時，那些黑色的野獸圖騰也有點倒縮回去，張牙舞爪的黑色條紋變少很多。

「原來你沒放棄啊。」學長鬆開手，讓靈符飄到夏碎學長身上，緊繃的表情緩和不少，不過還是罵了句：「這筆帳晚點算！」

看樣子夏碎學長有爲自己做打算，並沒有眞的放棄不管。認知到這點後，我們兩個人都舒心了不少，被惡念侵蝕最怕的就是本人自己放棄生存希望，那就眞的無法挽回了，但只要他不認輸，那還是有辦法繼續掙扎到最後迎來生機的。

我凝視靈符一會，收回視線，與學長往祭壇外的黑暗看。邪神和他的狂信徒不會那麼簡單放我們離開，這次沒有公會那些黑袍支援，潛藏的狂信徒裡除了黑術師還不知道有什麼東西，這下子眞的有種四面楚歌的絕境感。

邪神大概也是這樣看的，貓玩老鼠般地沒有發動毀滅性攻擊，而是讓那些黑術師時不時丟個咒術在外面爆一下，不然就是大量煩人的碎碎唸想要動搖心智，完全就是惡意騷擾。

「他還是會從夏碎學長的夢竄出來。」我知道邪神在玩弄我們，他悠悠哉哉地啃蝕著噩夢，等著傷口繼續擴大。

「我知道。」學長將血滴在精靈術法上，再次壓下蠢蠢欲動的祭壇。「都走到這個地步了，這傢伙沒放棄，我也不會放棄他。」

「要送去哪裡？」聽起來學長有打算。

「重點不是把他送到哪裡才安全，不管送到哪，他都會回來，根本的源頭在雪野家。」學長蹲下身，不浪費自己的血在地上畫出另一個精靈血陣。「他證實了自己的懷疑，不讓他將當年的事情弄清楚他是不會停的，況且雪野家主不會那麼快放過他們，包括千冬歲在內，幾天後的神諭很可能還是會被強行推為神祭，千冬歲也有危險。」

「！」我愣了下，以為雪野家主最多就是把夏碎學長推出去送死。

「……我們之前就發現神諭之所近年的動作比較小，往年如果碰到像陰影出世、四日戰爭這種擴及各大種族的事件，雪野家主應該會請龍神或更高層次的神靈出面，但他沒有，大部分協助白色種族和擊退邪惡的都是式神和力量比較小的神靈。」學長緩緩地說：「龍神的動靜除了夏碎那兩次祭血請出紅龍王，就沒有其他的傳聞，原因不明。」

那兩次還只是噴一次氣和甩個爪子。

這樣想想也的確，好像眞的沒有聽其他人說過龍神的動靜。

「可能雪野家還有其他的隱憂，讓他們更執著神祭的成功，這會讓神諭觀禮和以往的那些都不同，危險程度到了家主不惜撕破溫情假象也要先扣住夏碎做個保險……說不定犧牲夏碎都還不能結束。」學長抬起頭，認眞地看著我：「不是要把夏碎送到哪裡才安全。」

「解決雪野家的破事才是眞的安全。」我接下學長的話，明白他的打算了。

把夏碎學長送到天涯海角都沒用，他的黑暗根源就在雪野家，他可以抵禦邪神的入侵，但是不把根源拔起來，還會有第二個、第三個邪神繼續找上他。

「誘惑鬼族大軍打進去可行嗎。」我懶洋洋地面對結界外的邪惡。

「別動歪腦筋。」

學長一巴掌抽過來，正中我後腦。

嘖，熟悉的痛感。

「欸學長，你該不會正好有辦法離開這裡吧。」

討論完畢夏碎學長的問題，我想想，總覺得學長看起來沒有那麼緊張，畢竟外面晾著邪神碎片和一大堆狂信徒他還這麼鎮定，這表示他個人有計畫A可用，而且他還可能忘記告訴我。

「有。」學長果然點頭。

「……」眞覺得我越來越了解他們了呢。

逃得掉你不會早說啊！你要幫我死掉的腦細胞付雙倍喪葬費嗎！

「褚。」瞇起紅色艷麗的眼睛，學長聲音突然放輕，語氣柔軟地開口：「有話直接說出來，你不是很敢了嗎？」

「小的有選擇性不敢。」我的雞皮疙瘩立了一大片起來，覺得學長用這種方式講話有夠可怕，比他一巴掌把我搧去撞牆還可怕。「在您改掉隨手殺我的習慣之前我都不敢。」不過嗆一句還是可以試試。

「……」學長冷冷地往我掃一眼。

「您的敵人在外面。」我趕緊縮到旁邊，順便溫馨提醒結界外有滿滿的狂信徒和虎視眈眈的邪神碎片可以讓他練拳頭。

「處理你不用花太多時間。」學長握了握拳頭。

「欸不是，學長你現在是在和我開玩笑嗎。」爲什麼我感受到奇妙的語意？但我又覺得他好像是眞的想把我掄去撞地板，整個介於他似乎在說幹話和說實話之間，有點不好判斷……大敵當前他可是幹得出來先把自己人碾掉這種事情。

「滾開。」學長還真笑了，沒好氣地拿了顆水晶丟給我。

接住黑色水晶，我才發現裡面藏的居然是妖魔力量，而且還是熟人，立刻知道他的計畫A是什麼了。我連忙扶好夏碎學長，把靈符抓下來在他身上放好，一接觸就發現這個天使靈符比我預想的還要精細，而且貯存的力量很高，先前沒有看過他使用，很可能是在郵輪短暫時間裡取得的，就不知道是他當初進孤島前受傷的同時向認識的人發出協助製作靈符，又或者是在輪船裡現場製作的，總之確定夏碎學長真的有在保護自己我就安心多了。

「準備好。」學長站到我們面前，張開掌心，一塊鱗片在他手中燃燒起來，毫不遮掩的強烈妖魔氣息猛然炸開，掀起的氣流直衝出保護結界，將發現不對、大吼的黑術師和狂信徒撞翻出去。

我們身邊平空裂開一條黑色通道。

不用學長喊，我揹起夏碎學長衝進通道，學長殿後，才剛踏進來，後面就傳來守護結界和精靈術法崩潰的轟然聲響。

趕緊邁開最大步伐往前衝，終點其實很近，沒有幾步我就摔出外面，掉在一大片銀白色的沙坑上，也不知道這個地方是從哪個種族偷來的，除了很柔軟竟然還帶著點點舒適的清涼感。

學長跟在我後面跳出來。

撕開的空間通道還沒來得及關閉，幾個狂信徒已衝出來，四、五個都是牛樣子的獸王族，我猛地想起在孤島裡聽說的兀圖族，供奉邪神的黑色種族。

在我們面前揮手打下幾個新的保護結界，學長轉身再揮出烈焰長槍，把最靠近他的牛腦袋一槍戳穿，火舌從黑色獸王族的五官炸出來，當場把半顆腦袋燒成灰燼，連烤肉味都來不及隨風飄就變成燒焦的惡臭。

我正要幫忙毆打狂信徒，背後突然有人按住我的肩膀，無聲無息地靠近把我嚇得頭皮發麻，不過看清楚來者後我趕緊揹著夏碎學長閃開，把戰鬥空間留給他們。

空間通道再次跳出三個看不出來路的黑色種族，前面狂暴的兀圖族已經全都變成兩倍大，不知道啓動什麼失去了理智，只有滿滿的殺意，徹底的狂戰士形態。

然而他們也差不多就只能這樣了，學長一個側身，黑色鬼魅般的身形閃出來，狂戰士還沒反應過來這個對他們而言過快的速度，腦袋已被俐落削下，臉上正咆哮的表情就此凝固，死了都還沒意識到被砍。

學長也在同時把那三個後至的狂信徒直接凍成冰柱插在原地。

黑影——六羅踢開牛頭，轉身一揮手，合起空間走道，把還沒衝出來的追兵夾死在裂縫當中，腐臭的血液從最後一絲細縫噴出，然後消失不見。

「夏碎留在原地。」六羅看了我一眼，示意我們退出沙坑範圍，銀白色的軟沙上很快出現塗鴉的幾層陣法，快速包裹起夏碎學長的身體。「水火妖魔兩位會暫時照顧他，不過不覆蓋標記，恐怕他離開這個地方還是會被邪神追上。」

「先保安全就可以了。」學長點點頭。

是說請水火妖魔幫忙，不也可以找黑王幫忙嗎？

我想想，很直接就問了。

「獄界目標太大，而且『深』在那邊，黑暗同盟也仍在潛伏，把邪神引過去會將戰圈擴大，不行。」學長搖頭，很正經地說人話：「那裡的毒素，現在的夏碎也承受不了。」

呃，我都忘記毒素問題。這下才反應過來爲什麼會掉在這個有白色力量的沙坑上，很可能學長提早聯繫過水火妖魔詢問邪神的事情，否則不會這麼剛好，我們一逃過來，六羅立即到場接應。

沒去他老家我大概可以猜得到，應該是憂心精靈和炎狼被污染，且要割破時空逃亡，水火妖魔的贈予怎樣都比轉移到冰牙或燄之谷來得更快。

「泰那羅恩與狼王似乎不在，可能去了六界通道，狼神也不在自由世界附近。」學長倒是解釋了沒送回老家的原因：「我已經通知了燄之谷，但請狼神回來必須花點時間，最快的還是先送往水火妖魔這裡，且他們也是這狀況下最能夠信賴的人。」

「你們要先往水火妖魔那邊嗎？或是有其他安排？」六羅取出一個長盒，遞給我：「我想你應該需要這些來修復兵器。」

我打開一看，是一堆滿滿水力量與黑暗力量的水晶，連忙向六羅道謝，現在確實很需要這些充飽米納斯和魔龍。接二連三被邪神碎片襲擊，我們身上的幻武兵器們也眞的倒楣到家了，爲了保護我們，他們眞豁出去在擋。

「夏碎在這邊我比較安心，我要走一趟雪谷地搞清楚他身上發生什麼事。」學長想了想，說道：「他醒了的話，就再把他弄暈，不然不知道他會做出什麼事情。」

呵。

學長你們這兩搭檔還眞是很了解彼此啊。

「我回千冬歲那邊，我想弄清楚雪野家想做什麼。」這是我和學長先前討論的共識。我本來就打算回去找千冬歲，不過比較意外學長不是去他們本家，而是去雪谷地？

雪野一族分家前的舊地嗎？

「夏碎的樣子不太像神祭替身那麼簡單，他在獄界狀況不好是因爲血脈變動的關係，他是沒有繼承龍神力量的人，不該被血脈影響，裡面必定有其他問題。」學長解釋了他的想法：

「雪谷地還有些老人，神諭之所成立時部分雪谷地的人沒有被併入，夏碎以前說過那裡是禁地，雪谷地已經退隱世界，家主以外不得進入打擾，但既然扯出血脈問題，我想走一趟看看，探查完就會去雪野家找你們會合。」

「好。」我想想也是，夏碎學長之前就狀況不穩，像哈維恩說的本來就應該被家族檢查處理，但夏碎學長好像做了什麼隱藏，夜妖精和黑王居然也沒探查出來，這就是個大問題了。

「那麼我幫你們開啟通道吧。」看來也是奉命來協助我們的六羅沒有多加廢話，抬起手直接在空氣中切出兩條黑色的道路。

「小心點。」學長往我肩上拍了一下。

「學長你才是。」

然後我們一左一右，各自走入新的空間走道。

❀

踏出走道時我本來以爲按照水火妖魔亂切地盤的手賤程度，很可能是會把我送至雪野家附近，或是相關的重要地點。

然而出現在我面前是一堆古老廢墟時，我沉默了幾秒。

爲什麼我有種彷彿踏進別人家禁地的不妙感？

「誰！竟敢擅闖禁地！」

……

幹喔！

還沒反應過來，立刻看見好幾個守衛打扮的人衝進來。

這時候說傳送術法出包不小心摔下來會不會有人信？

正在我處於一個要找藉口，還是要想辦法把來人弄倒逃亡的糾結之際，後方又傳來新的聲音，而且還滿耳熟的。

「等等等等！那是我的客人！」穿著藍綠色蘿莉塔服裝的美少女匆匆忙忙跑進來，擋住那些守衛，還非常熟練地掏出一袋東西塞給守衛們進行賄賂。「我只是帶他們到老宅附近逛逛，他不小心迷路誤闖，你們假裝沒這回事吧。」

守衛們互看了幾眼，居然還眞的收下賄賂，點點頭無聲地離開了。

等到守衛們走遠，映河七葉猛地轉過頭，凶狠地瞪我：「你哪裡不好掉，掉到我們老宅裡面幹嘛！還好只是外圍廢墟，你要是掉進去中間，就乾脆死裡面吧！」

我連忙跑出去，趕緊道歉幾句，也提出疑問：「妳怎麼知道我在這裡？」

「千冬歲的引路占卜。」映河沒好氣地呸了聲：「他說他哥在安全的地方暫時不用擔心，你會在這附近回來。」

原來如此，我想起以前千冬歲的術法，很明白地點點頭。「其他人呢？」

映河翻翻白眼，不過大概千冬歲有交代，她還是不甘不願地回我：「他說得先回雪野本家，白袍也跟去了，我家的禁地不是阿貓阿狗都可以亂進，所以夜妖精和羽族在外面等你。」

聽起來其他人都沒事，我稍微鬆口氣。

再次道過謝之後我注意到眼前的美少女用一種很怪異的目光打量我。過了一會兒她才扭扭捏捏地開口：「你們要去雪野家吧，我就不去了啊，我得準備殺陣，七葉家是降神之所，我只會是你們的敵人，下次見面，自求多福吧。」

「……所以你們交情到底好不好？」我盯著對方，說眞的都快被她的行動搞迷糊了。剛認識時各種買凶追殺，結果千冬歲帶他哥跑路時居然是這裡收留他們，現在雪野家神諭觀禮，又要開始廝殺了，這交情挺微妙的。

「我和那個王八蛋沒有交情。」映河露出看見大便一樣的嫌惡表情。「我擔心的是夏碎，活在那兩個不合理的僞善家族裡脫不了身，看了都覺得可憐，如果不是以前欠他人情，那王八蛋早該死了。」

我愣了一下，所以映河要幫的並不是千冬歲？

「妳和夏碎學長……」

「干你屁事，沒事就快滾！」美少女完全不想跟外人扯恩怨情仇，手一揮，直接下逐客令。

既然對方都這樣說了，我也只能摸摸鼻子離開七葉家的老宅禁地。果然沿著道路走出來沒多久，就在不遠處的一座小涼亭裡看見哈維恩和流越。

這次整個被捲入無妄之災的羽族感覺有點懶洋洋的，一副想睡虛弱的模樣，不知道是不是我們被邪神碎片弄走後這裡還發生什麼變故。

哈維恩則是一看見我回來就鬆了口氣，快速地把我們離開後的事敘述一遍。果然和我想的差不多，邪神碎片除了把我們弄走之外，同時還引爆了守護術法，幸好當時流越也擋得及時，沒有整個房子都給炸飛，但還是毀了一排房間。

聽到這邊我突然對映河有點改觀，之前對她印象不好，現在想想覺得她只是個傲嬌系，其實人還是不錯的，不然不會來禁地接我，又讓哈維恩他們在這裡等，而且還一句沒提她被炸歪的房子。

看來七葉家的激進派也沒有想像中不可理喻。

我把我和學長們被帶走之後的事情精簡地告訴哈維恩兩人，聽見水火妖魔時，本來平淡沒反應的流越也訝異地出聲：「你們和水火妖魔熟識？」

「其實不熟，他們是學長父輩的朋友。」那兩妖魔如果長期一直為非作歹亂切割，流越會記得這名字不意外。

流越點點頭，又不吭聲了。

倒是哈維恩聽見我們直面狂信徒和祭壇後，臉色又變得很不好，並沒有向我追究臨時告知的問題，反而是充滿了自責，一臉他沒有在第一時間追隨我們上刀山下火海的懊悔。

我只好安慰他：「這沒辦法，人心和夢作爲橋梁，根本沒預警。」

夜妖精轉過頭深深地看著我，認眞無比地思考半晌，回應：「看來以後必須適時地進行隔離。」

……

你是想錯什麼方向才會有這種結論？

感受到不明的可怕，我決定盡快換個話題以免他越想越多，一發不可收拾。「我要去雪野家，流越是否先回去公會或雲海島那邊休息呢？」再怎麼說他其實已經幫太多了，現在他還必須休養，我實在不好意思再把他捲進雪野家這個詭異的事件。

「不用，對於雪谷地後代一事我也有些興趣，一起走一趟吧。」流越搖搖頭，想想又加上一句：「況且此世已經四千年過去，我自成爲大祭司後從未出過瑟菲雅格，在返回羽族前正好能看看這個世界變得如何。」

既然對方要幫忙，我也沒有拒絕戰力的理由，於是欣然同意，畢竟比起我和哈維恩，戰地出來的大祭司實力就擺在那邊，如果千冬歲眞的處境危險，多一份力量絕對是好的。看看先前幾次他出手幫我們就知道了，不然早在最開始照雪姬那發攻擊時，我們就已滅團。

「不過你要如何進雪野家？」

「用厚臉皮進去啊。」我隨便回應了句，順手拿出手機敲了封簡訊傳出。

「？」大祭司疑惑了。

回過頭，我笑了笑。「開玩笑的，神諭觀禮是吧，我有邀請函啊，他們敢發，我就敢去。」千冬歲都敢認我這個朋友，我怎能不爲未來的新家主好好充門面，他們家族內鬥多，讓他都習慣了是吧。

那就讓他們見識一下，新家主的朋友也不是吃素的。

※

雪野家神諭觀禮邀請函上的陣法果然是在時間接近時可用。

原先我還以爲只能幾個人去，後來流越幫忙看過，才發現是個範圍轉移，也就是至少可以帶個護衛隊，這就和我的打算不謀而合了。

簡訊傳出後我們三人離開七葉家，在附近小鎮找了間小旅館休息和梳整，約定的時間很快就到，我們整頓好、離開旅館時，黑色的隊伍早已在外等待——一排穿黑西裝的男人活像討債集團一樣筆挺無聲地站著，周遭環繞著陣陣戾氣，彷彿靠近會被處理掉，視覺畫面有點壯觀。

領著討債集團的就是那位上班族大哥。

說眞的我只是傳簡訊給族長問問可不可以借支小隊，帶去神諭觀禮壯聲勢，沒想到來的不是普通小隊，力量感每個都超強，簡直就是一整支僞裝成推銷員的特種部隊，而且好像都故意挑選那種又高又酷、殺氣還特別強的，除了很美觀外整體還很凶殘。

「門面。」上班族大哥指指那排西裝特種部隊。「同時菁英，屠殺雪野一族不是問題。」

「……暫時不用屠殺。」總覺得大家好像都很喜歡扭曲我的意思呢，該不會改天我喝個飲料被嗆到，飲料攤就會突然人爲爆炸吧？

「你要正常拜訪還是要下馬威？」上班族大哥很實際地問我用途，順便讓後面的其中一個人拿來幾個箱子，打開裡面是黑色款式的正式服裝，而且有三種尺寸，顯然把我們三個的都帶來了，還很貼心地幫大祭司準備了正規的羽族祭司袍。「如果是要幫你朋友，我會建議實施下馬威，這樣後續打起來更合理。」

「那就下馬威吧。」我本來也是打算用黑色種族的名義震懾一下那些想對千冬歲不利的人，畢竟千冬歲邀請函發過來，這代表雪野家也知道他邀請了誰。最開始我是要和哈維恩他們一起用同學的私人身分來參加，可是現在狀況變這樣，雪野家主又要對夏碎學長下手，我就決定狐假虎威一次了。

白色種族追殺我這麼久，不偶爾用用家族壓力打下臉，我就被白追了。

上班族大哥點點頭，表示接下來就交給他。後來跟他多聊兩句才知道，其實白陵然也是這個意思。四日戰爭中千冬歲作爲前來支援的其中一人，妖師們欠了他一份人情，以家族名義參加觀禮會更適合，表示我們對於四日戰爭的情誼的重視與感謝，有著之後新任家主遭遇困難可以求助妖師一族的意味，所以才讓菁英部隊前來。

說眞的聽了這些盤算其實我有點不太舒服，因爲我並不想把我和千冬歲的單純友情混入奇怪的雜質。

「你不用想太多，家族往來我們會在談判桌上談，不會拿你們的私交當手段。」上班族大哥瞥了我一眼，可能覺得我優柔寡斷，不過還是多說了幾句讓我寬心。

大致又和大哥們說了下不要隨便開啓屠殺模式與多注意雪野本家後，我們就正式打開邀請函，隨著古老的家族圖騰陣法顯現，周圍景物也逐漸模糊。

按照我所想的，我先前預計雪野本家應該是個漫畫裡會出現的那種超誇張古家族大院落，直接有一大片跑馬場之類的巨型空地和大片大片的經典和式老屋，然而待景物緩緩轉變後我才發現我預想的實在是太過天眞。

我完全低估古老家族的龐大繁殖力和產業力。

出現在我們面前的是一座小城市，中央本家還有城廓。

附有護城河那種。

雖然已經對神諭家族會很龐大有點底，不過沒想到他們會直接蓋一座城，眞的有夠驚訝。

傳送陣的終點就在護城河的入口處，一到定位我馬上看見熟人在附近對我們招手，顯然刻意在這邊等待。

「漾漾～！」快速衝到我們面前，完全沒有被後方一隊西裝男嚇到的喵喵穿著白底綴些許金紋的正規家族服飾對著我熊抱了下。

其實我有點尷尬，畢竟喵喵現在漸漸長大身材變好了，還稍微留長頭髮，看上去除了本來的可愛以外還有成年女性隱隱的嫵媚韻味，這樣親密的抱抱有點不好意思。

喵喵原本站著的地方稍後面一點還有五個人在原位，也全穿著類似的服飾。

「這是我們鳳凰族的族人。」喵喵鬆開手，勾著我的手臂，完全無視後面一排沉默的殺氣西裝男。「收到萊恩的消息，所以我和父母親討論了下，借來家族護衛。」

看來喵喵家的想法也和我先前想的一樣，雪野家主詭異的態度讓我們幾個心中都直覺不能再用單純朋友身分前來觀禮了，都想著多少要幫千冬歲撐個底氣。

大概是因爲黑色種族和鳳凰族的觀禮使者群混在一起這畫面太突兀，我們遞邀請函進入這座小城時，不但附近的人，就連過濾訪客的衛兵都不免側目，紛紛多看了好幾眼。

不知道是不是雪野家主攻擊自己兒子的事無法上檯面，我們在進城時完全沒有被刁難，來接應的人也表現得很普通，並沒有那天對峙的感覺，更沒有人提起或是周邊有什麼碎嘴話語，好像大家完全不知道發生過這種事一樣，總之我們就這樣順利進入了。

通過護城河，進到城牆之內才發現佔地果然還是比我想像的廣大許多，光是前院和練武場看過去就幾個操場那麼大，遠方的本家核心建築群根本快變成一個黑點，後方竟然還有座山，更別提一路上一堆大大小小的環繞式建築與疑似神社的地方，和造景、小樹林……等。

我看著大老遠的核心建築，認眞地思考如果要這樣徒步走過去，我就要原地罷工了。

幸好接待人很快召來代步工具，幾輛超復古馬車很拉風地停到我們面前……等等路上出現忍者我都不覺得奇怪了，這裡眞的超像重現古代日本的影城，來來往往的僕役和衛兵都還穿著舊式的服裝，還有些神祇官端著各種蓋著布料的不明物體路過。

臨近觀禮大典，這裡的人看上去都相當忙碌。

應該是回應邀請而來的人多了，又或者是平常來雪野家尋求神諭或占卜的人太多，總之接待人異常熟練，安排上馬車後直接帶著我們花了不少時間把前半座對外開放的城池觀光一圈，途中還經過一座獨立的中型神社，裡面有許多神官和巫女正在吟唱某種歌謠，導遊介紹了那是日常祈福誦唸，每日固定時段，有時候會在另一邊的神祭台進行，又或是在後面山裡的主神社，一切都看那天的占卜方位來決定；日常祈福大致的用處就類似祝禱各方風調雨順、身體健康出門不要跌倒被盆栽砸到什麼的，夜間那場則會多加撫慰各方魂靈早日安息的唱經。

「當然我們也有客製儀式，從日常改運到家中祖先祈福，或是身體不好、碰到鬼要化解恩怨……等等，都可以另外付費請神官們幫忙處理和祝禱。」導遊一邊解說還不忘推銷一下他們的小業務，只差沒有遞名片給我們了。

我對這些是比較沒興趣，因為我身邊的人碰到鬼都是直接打死的凶狠之輩，完全沒有化解的打算，倒是上班族大哥聽得很認眞，間時還會插嘴問幾句，結果到最後他乾脆和導遊聊起附加服務和商業價値，直到馬車都已停在訪客用的院落，他們還興致勃勃地講不完，最後更互留聯絡方式，約定有空再談。

被那些金錢至上的討論搞得昏昏欲睡的流越差點被哈維恩揹下車，不過羽族不是很喜歡讓人貼身太近，後來還是清醒過來自己走路進去。

我們和鳳凰族各被安排到一座小院落，八成看我們兩邊認識，接待人直接把我們安置在隔壁，走出庭院後就可以碰到對方，超級方便。

安頓好借來充門面的西裝隊伍，我和哈維恩、流越先在小廳裡休息，入住前房裡已經備好各種用品，包括食物、飲料和茶葉。夜妖精正在用走廊下的小火爐煮水，不知道怎麼煮的，總之飄了一室的茶香，還沒喝到就已經感受到暖意。

沒多久，喵喵就鑽進來了。

「聯絡不上萊恩了。」喵喵一反平常笑容燦爛的模樣，憂心忡忡地道：「剛剛問過侍者，他們說萊恩和千冬歲因為要準備儀式需要的祭品暫時離開本家，可是喵喵先前最後一次和萊恩聯絡時，他說會在這邊等我們。」

萊恩雖然平常話很少，不過不會做這種放鴿子的行爲，特別是現在狀況很離奇，絕對是遇到事情才會蒸發。

我和喵喵互看，不約而同想到他們可能被暫時關起來，與外界隔絕這種老手法。

正想詢問流越和哈維恩看法，拉門外突然有個小小的東西探出腦袋，氣息太過微弱了所以我們一群人居然第一時間沒有注意到，毛茸茸的小狗歪過頭，額上有個紅色印記，有點像夏碎學長他們用的那種式神。

哈維恩拎起那隻白色小狗，看起來沒有任何殺傷力的式神直接被他掛在空中，圓滾滾的眼睛朝我們所有人看了一會兒才開口吐出人言：「新任家主在儀式前要淨身，你們要找他嗎？」

「你是誰的式神？」哈維恩皺起眉，看著來路不明的小動物。

「這不重要啊。」小狗居然打起哈哈：「人生重要就是一個緣字，其他的都不必想太多。」

「不，這很重要。」哪家的式神竟然在嘗試耍油條。我有點無言。「用緣分詐騙的案例太多了，我們怕等等會集體各買一組保健食品。」

「反正各位的體質也吃不死，多多益善。」小狗舔舔舌頭，眼睛放出光芒，彷彿若不是被掛著，就會馬上拿出目錄推薦。

所以這式神到底是誰的？

「說來意。」夜妖精掐住狗頭，大有一種繼續廢話下去要把牠腦袋捏爆的威脅。

「哎哎哎，兄弟手下留情，我是被囑咐在這裡等待各位的。」小狗縮起四肢，表示牠老實了。「雪野家少主眞的去淨身儀式，不過靈池被封鎖，他那位朋友也被雪野家的武士關押。」

萊恩也被抓了？

我敲敲手上的茶杯，看來狀況比我們想像的還不妙。先不說萊恩有公會白袍的身分，要把千冬歲封鎖在一處也不是簡單的事情。

他老杯眞的翻臉對付他？

「相信我，我是要幫少主的那邊。」小狗有賣萌嫌疑地裝出無害又可憐的樣子，彷彿剛剛想推銷保健食品的不是牠。「我先帶你們去把他朋友救出來，然後你們集合之後聲東擊西，先放火、再搶劫，抄光他們的寶物庫，之後攻進去屠一波人頭，推倒惡勢力，最後把少主救出來！就可以參加結婚典禮了！」

「？」這是我。

「？」然後喵喵。

「？」掐著狗頭的夜妖精。

「？」不在狀況內的流越。

這隻狗到底在公鯊小？

「我覺得牠是敵人派來的，弄死吧。」眼神死地看著很不對勁的式神，我認眞覺得這東西一定是敵方派來要動搖人心專用。

哈維恩直接收緊手指。

「啊啊啊啊啊啊啊！別衝動！」小狗尖叫了起來。

「祂沒有惡意。」流越終於說了一句公道話：「祂身上有熟悉的力量氣息，你們先與祂去尋找朋友吧。」

熟悉的力量？

千冬歲的式神是拿西瑞當範本的嗎？

看著那隻白毛狗，我突然有種高中三年誤人一生的感觸。都可以把正經同學的式神影響成這種德性了嗎……

「您不一起去嗎？」喵喵好奇地看著陌生羽族。她在來之前應該有透過公會知道相關事情，並沒有像平常一樣特地熱情地與流越搭話，反而比較謹慎，態度有些像在應對長輩般地注意禮節。

流越搖搖頭站起身，法杖出現在他手中，腳踩的位置打開銀色術法陣。「有太多人盯著這裡，我替你們應付那些存在，讓他們無法發現你們的行動，雪野一族的術法與外人也暫時探測不了你們的存在，如果遇到危險可以用手上的連結直接回到這裡，或是我能在第一時間去到你們身邊。」

一絲清涼蓋在我的手腕，抬起手我看見上面出現一枚小小拇指大的銀色水滴圖騰，轉頭看見喵喵和哈維恩也都有。

「那就出發吧GOGO，時間不等人。」小狗扭動著身體，好不容易從哈維恩的手指掙脫，重新跳回地上站著，還朝我們幾個人搖尾巴。「本來要帶你們鑽狗洞的，有隱蔽術就可以直接偷雞摸狗不用躲躲藏藏了。」

等遇到千冬歲後，我一定要問他這個式神的腦袋是不是被車撞過。

第七話　神市

「啊這邊就是雪野本家的主要住所。」

式神——後來牠介紹自己叫小白，反正讓人不知道該說啥的小白看我們有隱匿的術法之後，竟然眞的大搖大擺地直接帶我們走正門，而且還煞有其事地幫大家介紹起雪野老宅的核心建築群與風水方位。「不要看院落好像散散一搓一搓的，其實每間屋子、格局與布置，都是本家大型護族陣法的一部分，連廁所位置都有講究。」

我們覺得大概制止不了小白的碎碎唸，確認外界聽不到式神的囉嗦之後就隨便牠了，而且喵喵好像還滿喜歡聽導覽的，而哈維恩也加減聽著記下地形。

「少主住處的方位在那邊，大吉大利大發財，是除家主之外的第二好寶地，爲了要穩固繼承人的龍神血脈，所以那個方位集合了天地精華，走進去吸一口空氣都可以增加壽命。」越說越誇張的式神指指某個方向，接著指了個相反、有點距離的位置，「大少爺和大夫人的舊居方向在那邊，有點偏僻，沒什麼特別好的，而且還很容易被忽視。」

不知道是有意還無意，我看了眼式神，總覺得這隻狗話中有話。

即使是親生兒子和正妻也沒有給該有的好居處？

小白帶著我們蹓了一大圈，還指出哪個方位的小神社有供奉照雪姬，我們離開之前可以去砸一下云云。

最後，莫名其妙領大家硬生生把外人不可入的核心建築群觀賞大半的式神終於在日落時分把大家領向後面的小山。

說眞的，這樣一圈下來我最先體會到的是流越的實力夠硬，竟然眞的沒有被雪野家發現，明明我們一路過去擦身而過的人超多，不論是護衛還是神官，眞不愧是在孤島生存數百年、躲避各種妖魔鬼怪的倖存者，如果給他更多時間好好恢復身體，嶄露出來的實力肯定又是另外一種高度了。

接著就是想把那隻屁股渾圓的狗踹去吃土，因爲如果不繞路，一開始就直接來小山大概走一段就到了，這狗帶我們東跑西繞地走了好幾個小時——而且還有些地方沒逛完——才甘願把隊伍帶到目的地。

「時間剛剛好。」不知道自己差點被踢的式神轉過頭，看看天色，招呼我們遠離入山的步道，改走往另一處偏僻的矮林。

才剛接近矮林範圍，哈維恩立刻擋住我和喵喵，渾身警戒。

某種奇妙的神祕氣息環繞在矮林周圍，說不出是什麼存在，也分不出是黑色還是白色，在黃昏之際這種怪異的力量感緩慢地濃郁起來，原本的矮林裡隱隱出現很淡的影子，形狀像是鳥居。

「逢魔時，門戶開。」小白一反原本的油腔滑調，語氣變得嚴肅。「請各位跟緊我，進去後不論看見什麼都別對上眼，也不要開口說話，主人指引的門戶眨眼即逝，要快點通過。」

我們對看了眼，哈維恩點點頭，第一個跟在式神後面進入模糊的鳥居，接著是我和喵喵。

才剛踏過朱色的鳥居，矮林景色直接消失，取而代之的是一條異常華麗的街道，襯著漫天星斗的夜晚爲背景，街道熱鬧非凡，就是條夜市，兩側全都是那種日本古代木造建築，四處林立著大大小小的攤位，許多人穿著浴衣閒適地逛著。

我偷偷看了眼，發現這裡不論男女老少全都戴著面具，各式各樣的面具，無法看清楚面容，而且體型也與正常人形不一樣，甚至有兩個四、五百公分的巨人坐在一座民宅屋頂，手上拿著大缸一樣的酒杯正在談笑喝酒。

怪異的是四周雖然極爲熱鬧，且好幾處都可以看見有高台表演，但我卻沒有聽見講話聲音，就連吆喝或細語都沒有，只有物品碰撞或是音樂的聲響，讓原本看起來很奇幻的瑰麗夜市抹上幾分詭異。

「那孩子沒來嗎？」

輕柔、優美的嗓音冷不防出現在我耳邊，好像有看不見的人對我頭側吹了口氣，傳來一抹暗香。

我愣了下，硬是忍住沒有回話，整個頭皮都麻了，背後也出了一片冷汗。

走在一邊的喵喵突然抓住我的手掌，看過去她也是低著頭，不敢四處亂看，眼睛緊緊地盯著走在前方的小白。式神體型嬌小，走沒幾步就會被人們遮住，我們得加快腳步才可以再次看見牠的小圓屁股。

「你身上的東西挺有趣的，要不要和我交換呢？」聲音再次出現，而且更貼近了，幾乎已經黏在我身上說話，但卻感覺不到重量，也探知不到任何力量感。對方繼續自說自話：「被封印的靈魂，強留在身邊是不妥的，不如將他留在此處，我等可引導他去往該回的歸處。」

咬牙，我閉上眼睛，努力跟著喵喵的步伐。

似乎注意到我並不想搭理，那聲音笑了起來。

「開口回答吧，不然我就要將他奪走了。」

❀

我猛地睜開眼睛，那瞬間看見的差點讓我重拾啊啊啊的尖叫反應。

一張腐爛到可以看見白骨的臉貼在我眼前，穿著血紅華麗花魁衣裳的白骨骨架都已經半纏到我身上了，牽著我的喵喵彷彿沒看見這東西，還在拉著我走。

這時兩側的夜市人流猛地集體停下腳步轉過頭，面具後大大小小的眼睛同一瞬間與我驚愕的視線對上，原本的器物碰撞聲、樂器演奏聲剎那消失，整條夜市眨眼陷入死寂，只剩下我們三人一狗在移動。

數不清的眼睛隨著我們的腳步轉動。

我這下子不是背後冷汗，是整個人從頭到腳趾甲都暴汗。

最前面的小白煞住腳步，戰戰兢兢地轉過頭，看了看毫無知覺的哈維恩和喵喵，最後視線放到我身上，我頂著和骷髏對視的恐怖感，艱難地朝式神點點頭。

我大概和全世界的東西都對上眼了。

小白整隻豎起來，毛都炸開了。

喵喵猛地抓緊我的手，抬起頭，緊張地環顧周圍。奇怪的是喵喵的動作雖然很匆促，但好像沒有和那些往我們看來的大量視線對上，連前方的哈維恩都好像看不見那些人的怪異……只有我看見？

強迫腦袋用在獄界打滾練出來的心態冷靜下來，我重新看著扒在我身上的骷髏，努力催眠自己這東西沒有比滿坑滿谷的獄界蚯蚓可怕，至少她只有一個，獄界蚯蚓成千上萬，光看都密集恐懼症發作。

這麼一冷靜下來才發現，雖然看似恐怖的骷髏，但其實「她」身上並沒有黑色或死亡氣息，反倒有種奇妙的微光若隱若現，而且也不冰冷，除了那股舒服的暗香外，從這東西骨架上傳來的竟然有點暖意。

不是黑色種族，也不是我剛剛想的亡魂。

我吸了口氣，緩緩放開喵喵的手，抱著有危險就立刻傳回去起點的心情，小心翼翼開口：

「很抱歉，我對神靈不熟，請問您是哪一位？」

話剛說完，夜市的燈全部消失，原本繁華的街道和往來的人潮直接不見，只剩下我和那具骷髏……不對，骷髏也不見了。

黑暗的不遠處傳來輕柔的笑聲，然後自那處點亮了光，四周轉出一大圈蠟燭，上百根大大小小的蠟燭飄浮在空中，照亮了黑色空間。

坐在燭火中心那端的是位美麗女子，慵懶地靠坐在古典躺椅上。我不太清楚那種衣服叫什麼，但很像我知道的那種十二單，超多層還超華麗，女子大約十七、八歲左右，乍看可能和我們差不多年紀，臉很小，皮膚很白，淡紫色的桃花眼有點水汪汪的，讓人不自覺覺得無害，絲綢似的黑髮很長，在椅子上鋪開。

「這條路原本是留給那孩子的，爲何讓給了妖師使用呢？」少女懶洋洋地支著好像可以掐出水的柔嫩臉頰，帶著三分魅惑的眼神掃向我。

然而我感受到的不是誘惑，而是由高向下俯瞰的恐怖壓力，如同雪野家主帶來的照雪姬。

我低下頭，不再與前方少女對視，重新換了個尊重的語氣：「很抱歉打擾諸位的興致，我們只是借道要救人，沒想到會叨擾。」其實到現在我已經可以猜到了，萊恩很可能被關在對我們來說很危險又不一定可以闖過去的地方，所以式神小白帶我們走一條捷徑，有點類似我們一般在用的空間走道，只是不知道這條走道竟然衝撞到不明神靈。

「吾名宿雨，不是不明神靈。」少女似乎直接看穿我的思想，柔柔笑了聲：「你身上的時間種族之魂應讓他回到歸處，對他比較好。」

「……」我捏緊拳，下意識覺得反感。不知道爲什麼這些神或邪神都想挑魂石做文章，某種隱隱的怒意好不容易才壓回心底，至少沒有對少女說出不禮貌的話。

「不用有敵意，我只是陳述事實。但既然你們身上還有未竟之約，因果牽連尚沒兩清，看來眼下也不是好時機……罷了，這不是我好隨意插手的事。」少女話語一轉，不再把念頭往魂石上面動，反而重提一開始的搭話：「你身上有那孩子的氣息，想必是熟識，當年我將入口告知他，一轉眼也好多年，看來他沒有忘記約定，只是自己卻沒有親自來。」

「那孩子是……？」我抬起頭，又連忙低下頭，不過還是看見與剛剛不同的變化，少女躺椅周邊開出繁花，眾星拱月般襯著她，優雅的花香飄到我這邊，還有些花葉跟著飛過來，竟莫名有點浪漫了起來。

「夏季的孩子啊。」少女嘆息，聲音裡有著難以察覺的柔軟。「當初我們約好，我帶那孩子見神市呢。多年過去，五年一度的小神市開啓多次，那孩子卻還是不見蹤影，你可有他的消息呢？」

我一邊覺得奇怪爲何這個神靈會問我消息，一邊想到夏季的孩子該不會指的是夏碎學長？

他小時候和神靈約好要來逛夜市，結果一直沒來，這條隱藏的路卻被千冬歲用在救人捷徑上？

千冬歲怎麼會知道有這條路？

還有這神靈既然一直在等夏碎學長，爲啥會不知道他的消息？

我想想，還是稍微簡化了下，簡單地告訴對方夏碎學長早就離開雪野家的事情。

沒想到少女一聽瞪大了眼睛，「怎麼會如此？」

問得好，我也想知道。

「雪野家過幾天會舉行神諭觀禮，但是他們似乎要進行神祭，所以我們才借道想詢問預定的新任家主狀況。」我硬著頭皮再次抬起腦袋，發現少女表情眞的滿驚訝的，好像確實不知道雪野家和夏碎學長這些年的變化。

「我在六界外，那年正好因緣際會出現了條通道，才遇見那孩子，小神市存在於六界與六界外之間，是還未具眞神格的小神靈們弄出來的地方，也是人類可以踏足神之領域的交會處。所以我一直在等那孩子如約來找我，沒想到發生這種事情。」宿雨神情轉爲複雜，甚至喃喃自語：「這不應該啊……雪谷地星盤呈報難道有問題？」

雪谷地？

不知道爲什麼眼前的神靈會突然蹦出這三個字，某種念頭閃過我的腦袋，但快到我沒捉住，隱隱覺得哪裡有問題，卻怎樣都擠不出個頭緒。

正想問少女時，我突然發現有根蠟燭飄到我眼前，我下意識抬起手，蠟燭直接落在我掌心上，然後變成一小罈酒。

「回你同伴身邊吧，小神市對人類也是難得，去換件物品再離開吧。」

「等……」

我還來不及發問，少女一揚手，黑暗的空間和幾百根蠟燭同時消失，我踉蹌了下，發現竟然回到熱鬧的夜市街道上了，旁側的喵喵正好牽住我的手，時間點彷彿回到我被拎走那一秒，剛鬆開喵喵的手而她立刻回牽我。

宿雨離開了。

而在此刻，我猛地發現周圍除了原本的器物碰撞聲以外——

我聽見人聲了。

❋

再度回到神市，其餘人似乎並沒有發現我中間被帶走過。

周圍的吵嚷話語聲也傳進我耳裡，這次再看向周遭就發現原來大多都不是人形，而是各式各樣奇奇怪怪的形體，除了各種動物形態，還有長得像罈子、雨傘的東西，各種軀體尺寸不一，頂天的巨大或是比手掌還小的迷你，擦身而過的人們用著古老語言愉快地交談著，不過古語我聽不懂，也不知道他們說什麼就是。

哈維恩等人見鬼一樣瞪著我手上多出來的酒罈，但是沒有一個人開口，然而我看小白的眼神有點發亮，看來這罈酒眞的有用處。

所以那位神靈要我換什麼？

我看向小白，後者也不敢開口，整張狗臉扭曲到一個極致，眼歪嘴斜了一會兒我才意識到牠正在指出一個方向，那裡有個小地攤，人來人往中似乎偏冷清，偶爾有幾個人停下腳步，但很快就離開，似乎對販售的東西沒興趣。

向哈維恩和喵喵比了手勢，我握著喵喵的手往那個方向走去，這時剛好有另外一個人……應該說是一隻狐狸停在攤位前。窩坐在攤後的是個少年，十三、四歲的模樣，頭上有兩支黑色的角。

攤主看著狐狸，伸出手像算命般掐掐手指，幾秒後對狐狸搖頭：「今天沒有你的緣分。」

狐狸聽完，就這樣掉頭走了，完全沒有留戀。

一邊想著我居然聽懂了攤主的話，一邊蹲到攤位前，與少年四目相對，後者也沒招呼，像剛剛一樣對著我掐手指，沒多久突然挑起眉坐正，有點意外地開口：「神酒？嗯……黑色種族，倒是有個東西能和你交換，抑制黑色血脈的項鍊如何？不管多厲害的人，只要你不願意，他們就察覺不到你的眞實身分。」

「呃……」

「又或者，你可以選擇替這神酒完成它的因緣。」少年懶洋洋地放下手，他的攤位上是一大堆封起的盒子，他從裡面拿出兩個巴掌大的木盒，很隨意地移開上蓋，左邊的是一條看起來很不起眼的項鍊，鍊墜是個銀白色、拇指大的圓球，右邊則是一張小木牌，中心只有個紅色的古字。「宿雨原本想把這東西給他的。」

我看著小木牌，其實已經有答案了。「我幫那位將東西交給該得到的人吧。」把酒罈遞過去，說眞的這一開始也不是我的東西，就換走本來該給夏碎學長的物品好了，宿雨當年和他約定要來小神市，可能這東西眞的對他來說是有用的。

反倒是遮掩妖師身分的東西我覺得可有可無，先不說黑王之前有幫我做過藏匿術法，其實不管再怎麼遮，在力量強大的人面前還是會被識破，所以這東西就比較雞肋了。

少年盯著我看了半晌，接過酒，把木牌蓋上遞給我。「現在這裡沒有你的緣分了。」

再次道過謝，我站起身，這才跟一臉悚然的喵喵等人快步離開。

接下來小白帶路就很快了，沒多久離開街道和人潮，我們在尾端看見若隱若現的鳥居，一踏過鳥居整個景物再度變換，夜市在後頭消失，前方出現了幽暗的坡道，遠方的石燈籠燃著暗灰色的火焰，隱約能看見那端有間不起眼的小木屋。

「在那裡！」小白終於鬆口氣，開始說話：「你膽子眞大啊，竟然在小神市亂搭訕，一個沒弄好可是會直接在世界上消失的！」

我直接把宿雨的事告訴幾人，反正總是得說清楚，不然哈維恩又開始一臉我會死的樣子……喔不，現在還加上一個也常常覺得我會死的喵喵。

「雖然如此，但還是要多加小心，此地的神靈群與我們原先地方的不同，還是盡量少接觸。」哈維恩聽完，雖然仍皺著眉，不過總算沒有一臉世界末日的表情，只寥寥幾句就放過我。又或者是因爲我們還有其他事情要做所以他才沒有繼續天崩地裂下去，而是說：「你們在這邊等，我先去探看狀況，如果萊恩被關押在裡面，能救就會順手帶回來。」

哈維恩出馬我還是很放心的。

「我帶路，你屠殺。」小白人性化地抬起狗爪子想比個讚。

很快地，夜妖精與狗消失在黑暗中。

我和喵喵找了個比較隱蔽的地方藏起身，不過比我們想的還要快，才剛一躲好，小木屋的方位眞的傳來某種重物倒下的聲音，連打鬥聲都沒聽見。

沒多久，哈維恩果然揹著一身傷還半昏迷的萊恩回來了。

小白怕動靜會引來追兵，立刻帶我們轉換位置，最後爬到半山腰後找到個更隱密的山洞，才終於停下腳步休息。

「果然是被關押在裡面。」趁喵喵幫萊恩治療，哈維恩快速講解他去小木屋時的狀況。其實很簡單，可能是因爲這座山入口有各種術法結界防阻外人，小木屋本身的防備反而比較薄弱，放倒屋外六名守衛後他很輕易便拆掉屋內的監控和術法，直接把被囚在裡面的萊恩帶走。

原本我們以爲萊恩應該只是被抓住關起來，他會一身傷出乎我的意料，好像是經過什麼危險的戰鬥，竟然傷得都快無法動彈，喵喵一診治發現他手腳都被刻意弄斷，下手的人顯然就是希望他不能離開小木屋。

「太過分了！」喵喵一邊溫柔地治療，一邊咬牙切齒。「等我們找到打傷你的人，喵喵就把他斷手斷腳！」

妳就沒考慮下手的有很大機率是千冬歲他爸嗎？

「是……雪野家主……」恢復部分意識的萊恩聲音很微弱地說道。

「……」喵喵沉默了兩秒，再開口還是很憤慨：「把他斷手斷腳前先蓋布袋！他不知道是誰就表示不是我們！」

還不如蓋完布袋再加一套洗腦手續呢。

我在獄界被教學時，常常聽其他人說上白色地盤偷雞摸……執行任務的時候，都要記得把不相干人等洗腦，才不會將黑王和手下仍在自由世界遊走的事情曝光，所以獄界幾乎人人練得一手好洗腦大法，就連我都被他們教過幾次，深刻地學習到江湖走跳定要備此絕技。

可惜我力量比較弱，所以洗不了太強的對手，假以時日我應該可以習得高深的洗腦手法，報復以前也把我洗過腦的人。

總之結論就是，誰怕誰，先洗先贏！

人生眞諦。

治療期間，帶著一身嚴重傷勢的萊恩努力地維持清醒，一點一滴把後來的事告訴我們。

千冬歲確認我們轉危爲安後，雖然很擔心他哥的安全，但也同時感覺到「空」悄悄地潛入映河的房子，很有可能會執行抹殺令。

爲了不把七葉家捲入，千冬歲當場決定先返回雪野家，而且他還有很多事情想要找他老子問清楚講明白，包括神祭要犧牲夏碎學長的事。按照萊恩的說法，其實當下千冬歲無比憤怒，大概是萊恩認識他以來看過他最憤怒的樣子，幾乎差點當場召喚滅世神，不過被萊恩勸住了，所以他才按著怒火，聯繫「空」，讓家主的菁英部隊停手，他們兩人則是隨著「空」離開。

這部分其實哈維恩也有猜到，夜妖精表示當時他在七葉家有發現外人潛入，原本想要去反殺，沒想到千冬歲一表明要返回老家，那些存在就跟著消失了。

「千冬歲預想到最壞的狀況是回來與家主交戰，所以也調動了『蒼』，沒想到我們回來時遇見的更加惡劣。」萊恩頓了下，瞇起眼睛，看不出情緒。「不知道為何他們除了調動守備隊以外，雪野家的族老也請出神靈、精怪，強押住千冬歲，我本來想要通知你們有危險，就被打傷關起來，不過雪野家主承諾過不會傷我性命。」

也就是只要控制他的行動。

看來雪野家對千冬歲的神祭莫名堅持，但怪異的是這個堅持看起來不像預謀，如果連族老都是突然出手，這表示其實他們原本只打算進行神諭，不知道為什麼才改為神祭，所以先前千冬歲在準備觀禮時才沒被阻撓，甚至還能來打四日戰爭。

改變的點是什麼？

喵喵快速地先治療萊恩肉眼可見的明顯傷勢，之後讓萊恩吞了一些藥物，皺起小臉道：「內傷要找更安靜的地方治療才行，還有幾處法術傷得花時間……那些人真是太壞了，等喵喵通過鳳凰族考驗儀式，取得鳳凰炎，第一個先來燒這裡！」

「欸等等，那時候千冬歲搞不好都快要接任家主了，這樣會害他要收拾，妳不如問千冬歲那些人的領地和住家，直接去他們家噴火。」雖然不知道鳳凰炎的效果如何，不過我趕緊提醒喵喵要找對搞事的人，直接上他們那裡搞事才對。

「喵喵會讓他們上黑名單的。」喵喵一秒人都半黑暗了，漂亮可愛的臉露出要把人抹脖子的親切微笑。「欺負千冬歲和萊恩，我就把他們淨化昇華。」

聽起來某些人的產業和生命大概會變骨灰。

萊恩半坐起身，動了動手臂確認自己的行動會不會因傷受阻，然後繼續道：「千冬歲被關在靈池，得去救他出來。」

「你們眞的決定要救嗎？」

一直都跟著我們的哈維恩突然打破沉默，在這時開口：「雪野一族的行動未必是錯。」

「你贊同？」我皺眉，看著夜妖精。

「站在我自己的立場，我不贊同。」哈維恩搖搖頭，示意我先不用動氣，淡漠的語氣繼續說：「但是對神諭家族而言，眞正通過神祭成爲龍神一族，的確是極度迫切並有必要。或許終有一日雪野的少主眞的能靠自己的力量走到那一步，可與龍神後裔的代表意義是不同的。」

「這位大哥說的其實沒錯。」小白踏著小短腿走過來，狗臉有點嚴肅：「對整個雪野家來說，沒有人成功過的神祭意義非凡，如果今天他們計畫的事成功造就了龍神之子，那麼往後同樣擁有血脈繼承的人便眞的可以通過神祭達成，對於這麼古老的家族而言，這比少主自己幾十、幾百年後晉升強者之列更重要。龍神雖不想要弱者人類利用血脈踏入龍神領域，但也沒把這個可能性完全掐死，否則祂們早就把力量抽回，只讓雪野家頂著永恆的神諭家族也可以。」

「該不會……其實神祭也是龍神給的挑戰？」我思考了一會兒，感覺有點不爽。如果神祭眞的被默許，那麼那些垃圾龍神幹嘛又排斥弱者上位？

「只能說龍神沒有完全阻絕這個可能，但不代表祂們贊同。」小白回答：「少主現在的動作就是想要把這代有可能看見的希望掐熄，所以那些族老知道後才會突然出手……你們如果幫他，就是和整個雪野家爲敵，對他們而言，完成神祭是『正義』之舉，而你們與少主不顧家族千百年的寄望，只打算維持神諭，是『不義』。夜妖精也是這個意思，所以你們眞的決定要救嗎？就算與地位崇高的神諭家族爲敵也不後悔？」

「我不後悔。」其實也不用想，千冬歲不願意做我就支持他，還有我並不想看見夏碎學長因此送命，不管神祭是否能夠完成，用命去換這點無法苟同。「反正我是黑色種族，『不義』對我沒影響，妖師一族被冠的罪名多到不在乎這項。」

說難聽一點，他們有神諭，我們有心語，你敢亂占卜我我就亂詛咒你，誰怕誰！

「那我便與您隨行。」哈維恩立即表態支持我。

「喵喵和萊恩就先回……」

「喵喵要去！我才不怕他們。」喵喵立刻開口：「鳳凰族的神王和龍神平起平坐，千冬歲不想做的事情誰都不能逼他。」

「千冬歲是我的搭檔。」萊恩更加簡單了。

其實我是想說讓他們兩個至少不要被神諭之所敵對，但是看上去他們兩個一點遲疑都沒有，我就笑了。

四日戰爭千冬歲來了，更多我遇難的時候他們都來了，現在神諭之所內亂，換我來了。

第八話　大義

「我的幻武兵器被收走了，如果能先取回幻武兵器，就可以用破界刀撕開靈池的結界。」

一群人開始商量怎麼闖靈池時，萊恩這樣說道。

「扣住的地方很近嗎？」哈維恩顯然是想去把幻武兵器摸回來。畢竟對萊恩而言，幻武才是他最大的殺器，不管在什麼情況下他都可以運用各式各樣的兵器作爲應對，幫他取回就變得更重要。

「我可以感覺到就在附近，我想應該是在小祭壇。」萊恩講述了下。他以前很常和千冬歲一起來雪野家族辦事，對核心建築與山裡的狀況了解得也不少，大概告訴我們方位和小祭壇處可能會遭遇到的阻礙。

這種時候就會特別感受到千冬歲有多信任萊恩這搭檔，竟然讓對方了解他本家的地形配置到這種程度，假如今天萊恩沒有那麼老實，很可能想對神諭之所下手的人早攻破一些重點區域了；然而話說回來，如果萊恩不是這麼可信的人，千冬歲也不會選他作爲搭檔了。

「我們兩個先去拿回幻武，小祭壇有家主的親信可能會引起衝突，喵喵和漾先與小白到靈池入口附近，稍後會合。」知道我們身上有流越幫忙布下的隱蔽術法後，萊恩很快地分好路線。「入口前有『空』在堅守，小白你帶他們到神鎮石前面的位置就好，那裡正好是『空』的監視界限外，等到集合再一起闖，他們很快就會發現我被救出，闖陣速度必須很快。」

小白飛快地點點頭。

我看著萊恩，發現他現在一反以往沉默的態度，在這個只有式神和他知道路徑的地方開始半指揮領導起來，這讓萊恩變得可靠耀眼，不再像之前時不時存在感蒸發。

眼前的白袍既沉著又穩重，端正立體的五官透出一股成熟的銳利殺伐，就像一頭慵懶沉睡許久的雄獅緩緩甦醒，讓人無法小覷。

或許這才是萊恩眞正的樣子，只是長久以來他與善於規劃一切的千冬歲搭檔時沒必要顯露出來而已。

「萬事小心。」我拍拍萊恩和哈維恩的肩膀，互看了一眼，都是絕對的信任。

接著一行人分道，萊恩與哈維恩迅速消失在黑暗中。

其實我還是稍微有點擔心，畢竟萊恩身上沒有流越的術法，不過哈維恩跟著他應該會幫忙注意並補足這點，所以就信任他了。

與喵喵跟在小白後面，我們也快速往萊恩指定的位置前去。

小白一路上稍微介紹一下這座與雪野家核心宅邸相連的祭祀山脈，說起來還算是大有來頭，據聞是他們第一代龍神與巫女生下的混血之子帶人來選定的，當時這片土地還是剛經歷戰火洗禮的蠻荒，山裡出現作祟的墮神族，龍神後裔與族人在這裡把墮神族處理掉後發現這座山不但靈氣旺盛，而且還是個什麼集天地精華、萬中選一的超級好風水，利於人和萬物神靈修練，於是就此定居下來。

因爲可以和神靈溝通還有龍神神諭的加持，神諭之所就這樣茁壯至今。不過就和我們知道的一樣，越大越老的家族裡通常都有自古遺留下來的隱憂糾結，外加利益龐大，所以經常在不爲人知的檯面下進行內鬥血洗。

「當時最具靈氣的地方就是這座山裡面的靈池了。」小白搖著尾巴解說：「這座山叫作神鎮山，就是傳說中龍神之子把墮神族砍掉後，把山舉起來，將那些墮神族屍骨都放進地坑裡面，最後再把山鎮壓在屍骨上，以天地靈氣爲陣，鎮壓墮神族。」

也就是說我們現在正行走在古代大型墳場上面。

不知道該不該說雪野家神經強韌，居然可以千年以來整個核心家族住在墳場邊，然後祭祀和淨身都在墳場上。有練過的家族果然很強，我是不曉得我能不能練到這種境界，但我可以確定如果我住在這旁邊，裡面的墮神族應該早就全族復活，在世界狂奔了。

爲自己年輕時候的腦殘點根蠟燭。

「就是這裡了。」

小白領著我們到了一塊三人高的黑色石頭前，上面寫著看不懂的古字，不過只有三個字，沒意外就是萊恩說的神鎭石。

就在我們打算準備隨時人到便衝進去時，不遠處的黑暗中突然有光影晃動，我們連忙躲進神鎭石的陰影裡，馬上看見四、五個人走過來，穿著神巫服一類的打扮，應該是術師，前頭兩人提著白色燈籠，暗光照在他們臉上蒼白一片，後方三人比較年輕，正在輕聲交談。

「少主眞是想不開，明明是神諭之所千百年來最大的機會。」

「是啊，只是個雪野家的棄子，何必這麼在意。」

「大少爺雖然離家多年，不過應該也明白爲了家族須犧牲自我的道理。」

「難怪家主會請出照雪姬大人。」

「如果這次成功，我們雪野一族就能再出第二位眞正的龍神之子了。」

走在前面偏左的人突然咳了聲，打斷那三人交談：「小心點，少主的朋友逃脫『籠』，可能會往這裡來，別讓他接近古陣。」

「迎客所來了妖師一族也得小心，那些傢伙不知存了什麼心，說不定會破壞神祭觀禮。」

這還眞的說對了。

我看了眼正好說中事實的神官，覺得他很有鐵口直斷的潛力。

按兵不動地等那幾個人慢慢離開，我和喵喵才鬆口氣，正打算再往隱蔽點的地方藏身時，遠處突然傳來爆破聲，有點距離，但並不遠，聲音傳來的瞬間整片山林都騷動起來。小白貼到我腳邊，神鎮石附近的林子和矮樹叢中跳出好幾道黑暗身影，形體不小，全都是野獸的輪廓，眨眼全往聲音來源處衝去。

還沒問小白那裡是不是萊恩兩人去的方向，騷動過後的寧靜山道間又出現另外一種聲響，是個很規律的聲音，輕輕的，彷彿有什麼沉重的東西在地上拖行，每走一小段距離就被使勁拉一次。

黑暗的林裡燃起暗藍色的火焰，鬼火般飄浮著。

出現在那裡的是個戴貓面具的小女孩，一襲白底浴衣，上頭有紅金魚和黑金魚的圖案。

小女孩緩慢地抬起頭，血色的眼睛竟然直接與我相對，我渾身一冷，立刻抓住喵喵往後退開。

她看得見我們！

這念頭乍起，女孩也同時出現動靜。

「你落下什麼嗎？」

我靠！

這種問法，根據恐怖故事發展，她等等一定會說你落下生命還是腦袋之類的！

手一動，我取出一張靈符，還沒做任何事，一邊的喵喵突然反抓住我的手，然後往我前面站，擋住小女孩冰冷的視線。

「妳落下什麼嗎？」

小女孩這次把目光移向喵喵，發問。

「什麼也沒落下。」喵喵坦然地與女孩對視，「妳要由此通行嗎？可通行了嗎？此有通行道嗎？或是妳不由此通行？」

看著喵喵的小女孩輕輕地歪過腦袋，那張貓面具上似乎閃過一瞬血光。然後她反問：「不可通行嗎？」

「人之路，無道可行。」喵喵搖搖頭。

「那便，回去吧。」

說完，小女孩居然還眞的回身，緩緩走回黑暗當中，那些鬼火也跟著一團團暗去。最後一團鬼火消失之前，我赫然看見有個巨大的「人」走在女孩身後——正確來說是被拖在後面，那形體上身和下肢極爲細瘦，好像餓很久一樣的皮包骨，只有肚子非常大一個，赤裸枯黃的乾癟身體上只有下體圍繞著一塊粗布遮住重點部位。同樣有點偏大但乾枯的腦袋低垂著，脖子上綑著黑色鐵鍊，前方女孩走了一段路後似乎扯了下，那個幾乎快四百公分的「人」就這樣被拖動，帶著飄散出的血腥氣息跟著沒入黑夜裡。

到這時我才鬆了口氣，背上全都是冷汗。

剛剛如果那個東西撲過來，我們可能要花很多時間應付，而在那之前就會先被滿山的雪野家護衛發現了。

「妳怎麼知道如何應付哭目子？」小白抬起頭，很好奇地看著喵喵：「哭目子在外沒有傳說的呀。」

「那是什麼？」我也跟著發問。

「喔，那是很久以前，在某個窮凶惡極的山上有個殘忍的匪賊頭目，因爲有自己的勢力又很凶殘，所以附近的權貴不想惹事就放置不管。那個山匪也很聰明，知道不要碰貴族就不會有事，所以總是掠奪老百姓。」導遊小白盡職地解說：「但是那個山匪很喜歡吃小孩，經常堵住落單的孩子很惡趣味地問『你落下什麼嗎？』，之後再奪去孩子的生命。沒想到有一次殺死的一對小兄妹是貓妖的孩子，妹妹死而不甘化鬼作祟，把山匪弄死後詛咒他九千九百次無法輪迴轉世，之後將山匪的靈魂煉製成奴隸，只能永遠被妹妹驅使，妹妹就是剛剛的『哭目子』，名字是來自於她看見哥哥被殺死後的貓哭聲，極度淒厲，在山上徘徊不休。」

「喵喵以前聽過千冬歲講這個故事。」喵喵看著哭目子消失的方向，似乎有點感嘆：「千冬歲說是家族很久以前在野地收服的，因爲已經變成凶鬼了不能放著殺人，後來被馴服在山上當護衛。」

「哭目子化鬼之後，只要在山上遇到凶惡之徒就會問一樣的問題『你落下什麼嗎？』，只要回答就會被她放出惡靈撕成碎片。」小白點點頭，「要像小姑娘剛剛那樣反問，跟她說前面是人類的路，她就會離開了。哭目子不會去人類的村落，所以會避開人類道路。」

「原來。」聽起來還眞有點毛骨悚然。

還沒感慨完，剛才的血腥味突然又濃郁起來，而且鬼火再次點亮了，樹林間一陣大騷動。

兩道黑影猛然竄出，一前一後停在我們前方。

「拿到了!快走!」哈維恩回頭甩出一刀，正好打飛一隻黑色的大蝙蝠。

萊恩沒有說話，直接在我們旁邊揮出破界刀，黑暗的空氣被切出一條裂縫。

神鎮石彼端深處馬上有很多強悍的力量往這邊狂飆過來，接著是大量的鬼火後衝出來的奴隸山匪鬼，剛剛被哭目子拖著的東西現在張牙舞爪地衝出來，右手舉著比正常人類大很多倍的鐮刀，抬起的臉部已經面目全非，眼睛被挖成兩個血洞，嘴巴也被撕裂到耳邊，舌頭拉長掛在下巴，看上去很像一個詭異的血色大笑臉。

「走!」萊恩拎起小白丟進去裂縫裡，接著喵喵牽著我隨後跳進去，然後哈維恩，最後墊底的萊恩破界刀一收，那條裂縫在我們面前收起，山匪鬼差一步就衝進來，很驚險。

無聲地抽口氣，萊恩摀著胸口，再次劃出一刀。

「去找千冬歲吧。」

※

萊恩幾乎整個摔出空間裂縫。

哈維恩快了一步扶住人，將他揹到背後。

「怎麼了？」我連忙湊到萊恩旁邊，看他臉色發白，但沒有拒絕哈維恩的幫忙，顯然真的狀況不好。

「沒事……連續使用破界刀耗太多力量。」萊恩低聲地說：「休息一下就好，現在要快點趕路，『空』已經被驚動，雪野家的人要來了。」

幾個人對看一眼，知道現在真的不能浪費時間，紛紛用最快速度往前衝。

其實速度最慢的是我，就算用上風符輔助，還是和其他人有差異，揹著人的哈維恩刻意減緩跑速，就維持在我前面幾步遠，正好是遇到事情可以馬上幫忙的位置。幸好空間裂縫撕開的地方距離靈池並不太遠，在小白和萊恩的指路下，我們順著山道通過重重鳥居，很快就看見一個開在山壁上的大入口，冷冽的氣息從那裡飄出，還帶有淡淡示警的危險氣氛。

萊恩甩出一串檀木手珠砸在入口前開始成形的半透明盔甲武士身上。「讓路！」

盔甲武士呆滯了半秒，真的捧著手珠往旁邊讓道，而且如果不是我看錯，那個靈體一樣的武士居然是有點敬畏地目送我們衝進靈池入口。

一進裡面，那種警告性的危險力量感更強烈，好幾道術法陣出現在我們面前，全都是防禦外敵入侵的攻擊性法術。

沒說第二句話，萊恩再次使用破界刀，幾次撕裂空間、破壞結界後，我們竟然真的被送到山壁通道的最深處。

「就是這裡！」小白高呼。

「萊恩！」喵喵的驚喊打斷我們剛闖進的僥倖心情，回頭一看，萊恩直接一口血噴出來，抓著胸口的衣料差點跪下去。

哈維恩搶快一步直接把某種術法按到他身上，然後拉開對方前襟，這時大家都看見萊恩胸膛接近心臟的位置有枚血色印記浮現出來。

「詛咒，不過不致命。」哈維恩又快速點了幾個術法上去，接著退開讓喵喵換手治療。「應該是雪野一族術師置入的，爲了不讓他像現在一樣闖進來找人，所以越靠近會越痛苦。」

「之前黑王有給過一些抗詛咒的藥。」我看了眼夜妖精，示意他直接把藥交給喵喵使用。雖然獄界對我們沒太大影響，不過黑王還是有給我們配製些藥物防身，其中就有應對被黑術師下降頭的治療藥物，不是太嚴重的詛咒都可以緩解，撐到救援到來，可惜夏碎學長的狀況不適用。

喵喵也不客氣，接過幾瓶黑色水晶瓶快速分辨，取了其中一罐扶著萊恩小心翼翼地餵進去，一會兒之後萊恩的臉色總算好多了，但那枚詛咒印記沒消失，仍持續在作怪。

「先找千冬歲吧。」按著疼痛的位置，萊恩搖搖晃晃站起，表示已壓制在可忍受的範圍。

原以為靈池應該是個山體內的空間，但回過神仔細一看，才發現我們其實已經穿過山體，走到外面了。不知道這裡的方位是朝向哪裡，總之與黑暗的山間道路或樹林完全不同，除了有大量燭火照明充足，這裡居然還種植了滿山滿谷的櫻樹，一整片月下雪櫻隨風飛舞，幾乎就像漫天細雪，赫然是個美麗仙境，一點殺伐氣息都沒有，隱隱的水聲從不遠處傳來，還帶來令人精神一振的清涼水氣。

我可以感覺到米納斯的幻武大豆有些反應，這表示水氣力量很充裕，而且很純淨。

為了給我們把風，小白催促我們快點去水聲的方向，自己則是留下來守門，還說如果有人衝進來牠就用吹狗螺當信號。

留下式神，我們繼續快步移動。

穿過櫻吹雪的唯美樹道，一大片閃爍著優雅銀光的池子就出現在我們面前，右側有著小瀑布，從那上面沖下來的水被月光染成有點淡淡的金黃色，與水池的銀光互映，沖刷出細碎金銀交織的光點，很是漂亮。

池子的中間沉著我們熟悉的人。

說是沉，就眞的是沉。

千冬歲只穿著一件白色的單衣，雙手交疊在胸前，連頭被放進池子裡沉到底部，看上去似

乎是睡著了，還不像水流屍產生浮腫。

「直接撈出來？」對於淨身步驟一無所知，我看向萊恩。

「對。」萊恩同意這個簡單快速的手法。

哈維恩忌憚銀池的高濃度純淨力量沒有下去撈人，我們幾個男生只能看著喵喵這沒受傷又是唯一的純白色種族下水去把千冬歲揹回來。

幸好喵喵也不是嬌弱美少女，跳下水池直接在水面上點水跑去，三兩下就把千冬歲撈起來扛著，很豪邁地又衝回來。

可惡，忘記跟喵喵說應該來個公主抱，這樣千冬歲就會有黑歷史了！

濕淋淋的睡男人被喵喵平放在池邊草地上，連我都可以感覺到他身上纏繞著某種術法，很可能也是類似封印術，不讓他清醒的用途。

萊恩蹲下身，往他的搭檔臉上拍兩下，平淡地開口：「歲，我們到了。」

於是，千冬歲就這樣睜開眼睛，完全沒有浪費時間，猛然清醒。

……

比真愛之吻好用啊！

「我哥呢？」

千冬歲醒來第一件事情不是把自己弄乾，而是詢問夏碎學長下落。

我解釋了下水火妖魔那裡的事，然後說：「六羅正在看著他，暫時不用擔心。」夏碎學長就算逃得過醫療班，應該也逃不過殺手家族最強的六羅，更別說人家現在還是魔使者，醒來想作怪都可以秒把他夯回地上。「學長去了雪谷地，晚一點會來這邊。」

不知道學長在雪谷地能不能發現什麼。

雖說是禁地，不過既然他都開口說要去那就是有把握能進，所以我比較好奇他能從那邊帶回什麼消息，會不會對這件事情有幫助。又或者能帶個什麼人來幫忙，讓雪野家主放棄針對夏碎學長……之類的，眞的很希望能夠有所斬獲。

思考了幾秒，千冬歲終於想起來要把自己弄乾，單薄的裡衣瞬間變乾的同時，不知道什麼時候出現的式神侍女畢恭畢敬地端上來一套衣服讓她的主人簡易套換，那也是組類似神官服的仿古樣式，看起來很像動漫畫會出現的那種，整套是白色主色，有淡淡的紋路，看起來很貴，不過我現在存款搞不好弄破還是買得起。

整頓好自己的外表，千冬歲一轉身，我們還沒反應過來他接下去要怎麼做，他就先把站在旁邊的萊恩推進水池裡，看得我們目瞪口呆，但動手的本人倒是氣定神閒，緩緩開口：「受傷了先泡著，可以順便把那些老鬼的詛咒沖掉……竟然在你身上搞鬼，眞當我是小孩可以隨便掐圓掐扁嗎。」

呃其實您也剛脫離小孩不久，但我猜和你哥一樣尙在叛逆期的保存期限當中。

被推進水池的萊恩也乖乖地沒有抗議，就這樣泡在裡面調理。

取得千冬歲的同意後，我把米納斯的豆子也放進靈池，立刻就看見幻武大豆開始快速吸收池子裡的光點和清淨水氣，就像餓很久的人突然吃到美食，努力地吞嚥。

一旁的萊恩看我的幻武豆子拚命吸收水氣，露出一種憐憫的神色，具體的形容大概就是看見絕世美女跟上渣男，所託非人被糟蹋到快成黃臉婆的可憐表情。

說眞的，如果換成別人可能就會被萊恩揍了，但是那個渣男是我，萊恩最終沒有把我擼到牆上用山壁磨臉懺悔，只是繼續同情水系的幻武。

「說起來，千冬歲一直是清醒的？」我硬著頭皮轉移話題，避免等等萊恩看著看著想不開，眞的跳起來把我打一頓。

「不，剛被抓的時候是昏迷的，不過早猜到有這麼一手，所以預設解開的術法。」千冬歲一邊回話，一邊沒有浪費時間，就在我們四周走來走去，不時用不同的語言在周圍埋下某種咒語。「可惜破界弓先前對邪神時損傷，以其他方式離開這裡動靜可能會過大，再次把長老們吸引過來，所以我等著，相信萊恩和你們會來。」

突然感覺心裡有點暖，不管這句是不是場面話，反正我是滿受用的。

「祭月破天陣嗎？」杵在一邊盯著千冬歲動作的哈維恩突然開口。

「嗯？你會？」千冬歲愣了下，表情很意外，應該說非常意外，可能沒想到會從夜妖精口裡聽到他正在布置的陣法名稱。

哈維恩點點頭，甚至還走到另外一端，取出幾張充滿白色力量的靈符。「我與夏碎交流各自的種族術法時，他曾講解過這個陣法，如果遇到包圍的精怪數量過多，可以在有月亮時使用，雖然布起來需要點時間。我來幫忙吧，會比較快。」

千冬歲這次表情就變得很複雜，盯著真的開始走位幫忙定點繪製法咒的夜妖精，有點不甘地咬咬下唇，低聲地說：「我哥都沒教過我。」

……我現在有點擔心哪天哈維恩走在路上會突然被人咒殺。

雖然嫉妒哈維恩，不過在非常狀況下，千冬歲還是很快地接受幫助加速完成幾乎連整片靈池都快包圍進去的大陣。

「青龍位。」哈維恩站在某個點位上，接住千冬歲拋過去的短劍，插在地上。

繞到另外一邊的千冬歲把手上最後一把短劍沒入地面時，靈池入口的方向終於傳來震動，從遠方傳到我們這裡，盪起宣告威脅將近的地鳴，同時一個吹狗螺的聲音也十分突兀地穿過櫻花林，傳入我們全部人耳裡。

比人類更快的是式神群，十多名穿著盔甲的古老武士帶著濃濃戾氣瞬間將我們幾個人團團包圍。

上岸的萊恩弄乾身體，把恢復不少力量的幻武大豆放到我手上。

「少主，請退回。」十多個長得一模一樣的武士同時開口，超級低音合奏聽起來魄力十足，莫名很想聽他們唱軍歌。

千冬歲沒有回應這些雄壯威武，只是抬起右手，上面不知道啥時拿著白扇子，而且還是那種很應景的和扇，隨著扇子向前一點，那些武士突然被颼過來的櫻花花瓣和漩渦般的風包圍，旋轉的花瓣只繞了兩圈就散開，接著往四周飛去，而武士集團居然在這瞬間全都化爲一張人形的紙，十幾張紙人飄下，無聲地落在地上。

這時的千冬歲整個氣質都變了，一點也沒有平常相處時的嘻嘻哈哈或是課堂上和老師們爲了一個問題或概念針鋒相對的凌厲，而是轉爲某種翩翩公子般的優雅，帶了些許溫潤，些許的淡漠隨性，更多的是那種上位者特有的儀態和氣勢，整個人不疾不徐，彷彿是等著要接見入侵者，而不是我們處於劣勢被包圍。

其實他現在這種感覺，我先前也在夏碎學長身上見過幾次，不過夏碎學長比較有疏離感，但依舊溫柔有禮。

現在千冬歲表現出的這種世家模式，竟然讓他和夏碎學長有點疊合了。雖然以前就知道他們長得差不多，不過因爲氣質和個性、舉止差異太大，所以一直不覺得他們一樣，但如果兩人開啓世家狀態擺在一起，很可能就是雙胞胎了。

所以我說正統古老家族出身的還是不一樣，換成是我，我根本不會想要擺身分和氣度，我只想把來者揍死，順便告訴他們黑色種族不浪費口水陪你說道理。

雖然打開了公子哥模式，但千冬歲給我感受到的危險程度突然大增，奇異的力量感以他爲中心蔓延出來，彷彿警鈴大作的威脅感逼近，寒毛跟著豎起。

「你們過來這邊，別亂動。」萊恩輕聲把我們三人喊過去。

應該也是第一次見到這個陣法被實際使用，哈維恩一直緊盯著千冬歲的一舉一動。

地面升起淡淡的白霧，千冬歲站在古陣中心閉上雙眼，雙手維持著握扇的動作，整個人無聲地浮高起來。而在這時，不知道哪時候已經來到我們上方的月亮染上血紅，而且還詭異地變成極圓的形狀，灑落的紅光染上櫻花林，竟然瞬間給人身在鮮血淋漓櫻花雨中之感。

從血色林子裡撲出來的是幾個獸形精怪，還沒碰到千冬歲一根爪子，就各自被大量花瓣捲到半空，接著重重砸下，重到我們直接聽到了骨頭被砸碎的聲音，無形的力量強到可怕，竟然讓幾隻精怪一時之間爬不起來，四肢扭曲地在地上發出低吼。

「不要與我作對。」依然閉著眼睛，千冬歲開口，語氣有點像在同情，帶了點點的溫柔。

接著又是幾隻猛獸精怪衝出，照樣又被花瓣和看不見的悍力掄在地上，前後幾次下來，靈池前的空地居然趴了二、三十隻精怪，每當稍微恢復想要站起身，又會再次被摜回地上，看起來眞的超級痛。

慢慢地，開始有人形精怪出現，不過也支撐不了多久，馬上步入之前同伴的下場。

「少主，請退回。」

不知道第幾輪精怪之後，從血林另端走出一名美麗的少婦，穿著大牡丹花的長襬服飾，面孔艷麗，隨身飄來花香。

「赤牡丹，不要和我作對。」千冬歲回了和剛剛差不多的話語，不過這次來的顯然與他有一定程度的熟悉，所以他繼續開口：「我不想成為你們的敵人。」

「吾等亦同，赤牡丹與姊妹們承蒙雪野家的庇護得以成形，不希望與少主對立。」少婦恭恭敬敬地說道：「家主已經在外，若是吾等無法勸說少主，恐怕在交戰時會犧牲許多戰士們，請少主以大局爲重。」

「……大局嗎？」千冬歲冷冷地勾起唇角：「一個個都想要用我哥的生命換那個不知道會不會成功的神祭，你們的大局，建立在被你們遺棄的人身上？」

「大少爺是自願成爲您的替身，龍神之子的路上有大少爺的守護，您又是數千年來血緣最濃之人，爲何要浪費大少爺的美意？」少婦露出悲傷的表情，似乎在看個不成熟、正在無理取鬧的孩子。「您還不懂大少爺的大義嗎？」

「少拿那種話來壓我！也別把這種帽子扣在我哥頭上，先不說我哥根本不知道這件事情，就算他知道，我也不會讓他這樣做！」千冬歲猛然睜開眼睛，原本深色的雙眼居然已經抹上和月亮一樣的血色，而且帶點紫金的流光。睜眼後血月下的肅殺氣息更強了，那些精怪再次被壓回地上，看不見的重力把他們一身骨頭壓得喀喀作響。「好，既然家主在外面，那就叫他進來，我想知道他到底什麼時候開始算計我哥！又爲什麼我哥和大夫人會被逼離這裡！」

赤牡丹搖搖頭，無奈地嘆氣，不過還是再次開口：「並沒有人逼迫大少爺與夫人，家主夫人是自願離開，您的出生命盤上有預言，您將會改變雪野一族的未來，成爲與神接近的神選之子；而大少爺命盤黯淡無光，雖有繼承，但毫無力量，是劫難命薄的無能凡人，家主夫人因此情緒低落遠避於他人，這是眾所皆知的事情。既然身爲無力的凡人，那麼爲了家族奉獻生命、成就大義，也是他身爲兄長該爲您、爲整個家族做的，凡人終究只能如此，不該怨誰。」

「我哥才不是凡人！你們看不出來他有多努力嗎！」千冬歲狠狠瞪著赤牡丹，眼神凶狠，但我覺得他的表情幾乎快要哭出來，爲了別人中傷他哥的一字一句，他感到不平、怨憤。「他是公會紫袍，你們知道要走到那個位子得多努力嗎！就是因爲那一句無繼承，你們認爲他只是無能凡人，可是他比誰都還要強，有力量繼承的同輩有多少人像他一樣可以考紫袍，配合黑袍執行任務！」

這話說得讓我有點汗顏，我就是那個有力量繼承，沒考過袍級，還一直詛咒自己的人。每次看著夏碎學長，都讓我覺得自己比凡人還要不如。

胃痛。

這年頭凡人都不讓外星人活下去了。

但我很贊同千冬歲的話，夏碎學長比誰都還要努力，年紀輕輕就當上公會紫袍，這個神諭家族是瞎了把他定位在凡人，還要弄死他到底是多腦殘？

既然這麼喜歡龍神血脈，幹嘛不自己挑幾個死士去當千冬歲的替身，反正他們嘴裡一口一個大義、家族榮光，那爲了大義去死也理所當然啊，何必牽扯外姓人？

「喵喵快忍不下去了。」氣得渾身發抖的喵喵盯著赤牡丹，一臉很想撲上去對她甩爪子。

萊恩一張臉也很嚴肅，看得出來怒氣值同樣上升中。

「您許可的話，我就先去拔了她的舌頭。」哈維恩轉動手上的短刀，瞇起眼睛。

「拔吧，只會胡說八道。」如果今天我沒有聽過夏碎學長他們的說法、知道他們確實不曉得這回事，搞不好還眞的會有點相信這個人形精怪的話，講得好像眞是夏碎學長他媽媽羞愧不敢見人一樣，根本是被冷落排擠啊幹！祝妳修行途中自爆，成不了仙。

還沒放哈維恩咬精怪，千冬歲已快一步揮手，正氣凜然的赤牡丹猛地被從腰橫向撕開，甩到一旁。

「執迷不悟。」

躺在地上的赤牡丹開口，但已不是原本帶點魅惑的女性聲音，是完全不同的低沉男音。

我這一轉頭，我被嚇了一大跳，因爲原本赤牡丹站著的位置平空站了個男人，毫無預警。我這兩天都不知道是第幾次沒察覺有東西突然出現了，如果這時黑王或是魔龍在，八成又要被丟到什麼鬼地方去重新訓練基礎感知能力。

男人是個熟面孔，非常恰巧地就是千冬歲他爸，上回在千冬歲的別墅見過，他還爆破了千冬歲的私人產業。

不過這個男人和上次不同，額上多了一枚紅色的印子……喔，式神借體。

代表雪野家主的式神緩緩朝我們幾個人掃來一眼，強大的壓迫感迎面襲來，不過因爲陣法的關係，在壓到我們臉上之前就被櫻花瓣掃開。男人也不以爲意，冷漠地說道：「不是雪野家族的人，此事就和你們無關，各自回到客居，神祭觀禮之日，依然按照貴客之禮相待。」

「不然你要和妖師一族爲敵嗎。」我冷笑著嗆回去：「我代表妖師族長前來，族長讓我帶話，想爲敵，你就小心吃飯不要被飯粒嗆進氣管噎死！上廁所馬桶破裂被刺死！」

其實白陵然當時回傳給我的訊息比較文雅一點，不過我覺得他們這種官方客套語很饒舌，直接用我的方法講人話比較快。

「沉默森林將傾巢而出。」哈維恩站在我前方，高冷地用最瞧不起人的角度睥睨對方。

「我與千冬歲共進退。」萊恩甩出雙刀。

「想與鳳凰族爲敵，我們也不會客氣！」喵喵跟著發難，從赤牡丹那邊累積的怒氣已經讓她瀕臨在爆發邊緣。

「無知小輩。」雪野家主一甩袖，顯然懶得繼續和我們對嗆。

「智障小輩！」哈維恩嗆回去。

喔，夜妖精可能眞的年紀比家主還大，畢竟他是妖精，壽命比較長。

「腦殘長輩。」我要當個大不敬的邪惡種族。

雪野家主擺出不想理我們的態度，轉回去與千冬歲對視。

「你眞的，要殺了夏碎哥嗎？」

千冬歲緩緩地開口，聲音裡充滿悲哀。

第九話　凡人？

神諭之所最開始其實是很風光的。

最初的雪谷地雖然也是靈媒體質，可以召喚很多神靈進行對話，滿足求神的人們各種需求，全盛時期甚至還結交大量神靈，受到各種護佑寵愛；但也因爲這個因素，除了成爲邪惡勢力的眼中釘以外，還受到各種嫉妒與怨怒，慘遭不少勢力剿殺，最嚴重的兩次幾乎滅族。

直到某一日雪谷地的少女被龍神臨幸，生下混血之子，將神的血脈帶到人類當中，至此雪谷地才有了倚仗，雖然後來迫於龍神壓力，不再召喚滿天神靈，改爲主供奉龍神的家族，可也因此整個家族穩定了下來，終於不用再被迫害，成了龍神應允的正式神諭家族。

頂著龍神庇護的光芒，後來這支血脈從雪谷地獨立出來成爲雪野，第一代龍神之子死後，他們意識到必須要把神的血脈傳承下去，所以進行了一段時間的近親通婚，儘可能地把神血拓展開，讓許多旁系的後代都能帶有一縷神血。

而後每一代都有數人會顯現龍神血脈，尤其是直系，當中被預言力量最強大的那個會被選爲繼承者，在時間到來、通過告知進行儀式後，得到龍神的守護，成爲新任家主。

龍神也不是只有一位，而是一個「族群」，即是龍神有許多位，有強有弱，有專司戰鬥也有醫療或豐收之類的。

如夏碎學長呼喚過的紅龍王，又或者千冬歲曾說過的黑龍王。

上告新任即將繼位的家主後，龍神們會進行評估，最後由某位龍神成爲該任家主的主庇護，這位家主日後的主要溝通對象也是他的主龍神，其次才是其他位龍神們。

雖然瞧不起人類血脈，不過龍神們還是因爲這點血脊顧神諭家族，即使雪野家開始進行神祭，妄想要成爲龍神之子，踏足龍神們的領域，龍神們也沒有收回眷顧，只是沉默地看著一代又一代選擇神祭的人飛蛾撲火，結束短暫一生。

「爲了神祭，過往多少先祖獻身死於儀式中，現在你有可能實現祖先們的心願，讓神諭之所眞眞正正成爲神之所，你卻因爲一點兄弟情要斷送家族的希望？」雪野家主嚴厲地沉著聲音，怒斥千冬歲。「我是這樣培養你當繼承人的嗎！」

「這種繼承人不幹也罷。」千冬歲冷冷嘲諷道：「家族大義，我做不了，讓您失望了，另外選個家主吧，我不幹了。」

後來我才知道這時候的千冬歲是眞的不幹了，他當時的想法就是「你們要殺我兄弟還要我繼續幫家族賣命，想得美」。

不得不說，也是很直接了，而且完全不像那種古老家族，整體利益爲先的教育觀念。

「由不得你。」雪野家主哼了聲。

「……父親，你們這麼急著出手，是因爲夏碎哥身上的邪神標記嗎？」收斂起悲傷的神情，千冬歲換上冷漠的眼神，似乎第一次看懂教導他的血親。「如果夏碎哥被邪神獻祭，他的替身術就會被吸收掉，是這樣的嗎？」

欸那好像是百害中的一個好處。

我莫名就覺得似乎可以被獻祭一下，就可以處理掉那個大家都很頭痛的替身術，但被邪神抓走也不行，邪神還是去撞牆吧。

雪野家主沉默以對，一臉不想回答這種愚蠢的問題。

「我……其實一開始並沒有這麼強烈地想把哥帶回來。」千冬歲低下頭，隱隱忍著情緒。「我原本只覺得我的兄長就該好好在雪野家，一個偌大的神諭之所不該沒有他立足的地方，直到我在學院見到他，發現他用著被你們稱作無能人類的身體在公會裡解決了無數棘手的任務，每件他的記錄在情報班中都有存檔，他並不輸給任何有力量的種族。」

「那又怎樣？」雪野家主嗤了聲，不以爲然。

「我當時就被夏碎哥嚇到，因爲我原本不認爲一個沒力量的普通人可以走到這種地步，但是他現在是紫袍，很可能很快能新晉成黑袍……我就非常佩服我哥，他眞的不愧是我兄長，我覺得說出去會讓人很驕傲，可是他不想認我，然後我就發現他是替身……」

千冬歲說到這裡就停下來了。

學院戰的替身那件事，那幅畫面或許就這樣成爲千冬歲一輩子的陰影。

然而比這個陰影更可怕的是，當他開開心心準備未來家主的前祭觀禮，應該想順便幫他哥正名時才發現，整個家族的長輩要拿他努力培養感情、當作寶的哥哥來血祭，換取他的「光明大道」。

扣除兄弟親情不說，千冬歲再怎樣也是靠自身實力成爲情報班的人，雖然不像戰鬥三袍那樣清楚區分強弱，但是個可以搭配袍級出任務的戰鬥情報班，甚至可以撂倒某些袍級，從這點來說就知道千冬歲並不是省油的燈。

血祭夏碎學長這件事情除了感情上說不過去，還有個看不起千冬歲實力的意思，整個家族族老和家主看上的是他的龍神血，從頭到尾沒有和他這個未來家主商量過神祭的打算和尊重，幾乎把他們兄弟倆作爲一種物品、任憑揉捏的人偶，還冠上家族大義這種好聽的名字。

可惜千冬歲「不聽話」。

「你們根本沒想過我們的感受，我又何必管你們的『大義』，既然雪野一族神諭了千年，那就繼續神諭下一個千年吧。」

「混帳！」雪野家主甩手擊開大量捲向他的花瓣，力量大到竟然把在他前方躺滿的精怪也掃飛，不少原本被摁在地裡面的精怪根本沒有抵抗能力，有的承受不了襲擊，當場被撕碎，肢體四分五裂散了一地。「哼，反正神祭觀禮，你也不須要清醒。」

夜空的血月突然自中裂開一條線，血色往兩側翻滾，重新露出原本的月亮，不祥的血紅被壓迫褪去，櫻花林再次恢復柔美粉色，原本布下的殺陣竟然直接被破開大半。

「這個陣法可以抵擋精怪，但擋不了神靈喔。」隨著照雪姬的聲音傳來，夜空中揮來了一隻遮天巨掌，不分敵我，連著滿地精怪直接拍下來。

千冬歲也在剎那出手，防禦結界眨眼凝結，巨掌直接拍在我們上方，轟然巨響，把堅固的防禦天頂硬生生拍出數不清的大量裂縫，哈維恩立刻補上新的術法陣，急速修補那些損害，但也擋不住巨掌第二次落下，直接把防禦拍碎一半。

「你是我培養的繼承人，我會不知道你那點手腳嗎。」雪野家主冷笑了聲。

原本浮空的千冬歲突然臉色一白，猛然掉落，被底下一直注意動靜的萊恩接個正著。萊恩把人交給喵喵，甩出一把大刀插入地面，數面土牆翻地而出，把俯衝過來的照雪姬夾在裡面。

「熙睦，囚籠。」輕呼幻武兵器的名字，萊恩眼也不眨地緊縮土牆，直接變成團球後把對方埋進地裡。然後是第二把火紅大刀揮舞，「騰火，阻壁。」煉獄般的熊熊火焰覆蓋到結界之上，幾乎快變成漫天火幕，擋下那隻大掌新的一擊，可能還眞的有點被燙到，手掌往上縮了縮。

萊恩這次用幻武的力量感比以前強太多了，而且是一氣呵成，沒有停頓，看來這陣子不是只有我快速進步。

「末燃，阻壁。」另一把長刀再次插到地上，與火焰大刀比鄰，上方的烈火防壁疊上了一層詭異青火，帶有某種死亡氣息。然後又是一把長刀，這次的我就見過了。「幻夢，沉迷。」

本來要衝破土層的照雪姬輪廓被刺入的銀光一捆，失去動靜。

又一個飯糰店受害者。

「萊恩！夠了！」千冬歲突然大喊，本來要再取出一顆幻武的萊恩頓了一下，皺眉沒有再揮出新的長刀。

雙層火焰的守護再次被攻擊，轟隆隆的聲音幾乎就像天快塌下來。

「不要再抵抗了，長老們還能再請降其他神靈，你們的掙扎無用。」雪野家主再次對我們的反擊嗤之以鼻，同時一抬手，一頭巨大火獅從他後方撲出，直接撕開剩下一半的破碎結界，惡狠狠地張開嘴往我們衝過來。

哈維恩甩出彎刀正要把獅子腦袋剁下時，旁邊雷霆般衝出另一道巨大影子，直接把獅子從側邊撞飛出去，撞牠的東西體形大小和砂石車差不多，立在我們前方，回過那顆狗腦袋，傳來小白的聲音：「抱歉抱歉，晚來一步，大家應該沒斷手斷腳吧？喔，頭都還在，沒事沒事。」

好，這隻巨犬確實是小白，而且是原貌放大的小白，並沒有比較威武，還是渾圓看起來很好踢的屁股。

千冬歲瞬間警戒起來，「你們認識？」

「嗯？不是你的式神？」我意外地與千冬歲大眼瞪小眼。「你放出來幫我們帶路的？就是牠帶我們來找你的。」

「我怎麼可能用這隻犬神幫你們帶路！」千冬歲這時候聲音有點崩潰，很明顯小白真的和他沒關係，而且他顯然很忌憚小白。「祂不是式神！」

沒意識到犬神代表什麼，我愣愣地看著一臉憨樣的巨犬。「所以你哪來的？」

不是千冬歲的式神，還不是式神，那是誰會這麼好心？

「抱歉，小白是我的朋友。」

一如往常溫柔的聲音隨風傳來。

我有點傻眼，看著巨犬整個尾巴搖起來，這瞬間我腦袋只有句話，並且充滿驚愕和憤怒——

原來你也是不可靠的嗎！六羅！

※

「不好意思，我去接了一下主人，晚到了點。」

小白巨大的狗臉咧嘴一笑，頭也不回地用後腳把衝回來的獅子一踹，踢回去樹上掛好。

「哥！」

「夏碎學長！」

要死喔六羅，爲什麼你讓這個禍害跑了，我相信你更相信水火妖魔，但你們竟然讓一個人類跑了啊啊啊啊啊啊！

面子呢！

完全不覺得自己出現在這裡有問題，也不覺得自己左邊是死路、右邊也是死路，被家族血祭和邪神雙面夾擊的事主藥師寺夏碎帶著微笑，用一貫的和善表情看著大家。

阿斯利安就該跟千冬歲換一下哥哥，我覺得阿斯利安應該才制得住夏碎學長，他連一個黑袍都差點幹掉了，而且下手不留情，就算是親哥也照樣碾過去；然後戴洛和千冬歲正好兄友弟恭，世界和平。

然而這個世界就是如此不圓滿。

他把一個溫和體貼沒脾氣的哥哥給了阿斯利安，然後把一個在死亡邊緣試探大家玻璃心的哥哥塞給千冬歲。

這就是人生。

我看著千冬歲，努力用眼神傳達一個複雜的訊息給他：我們倆一人抓夏碎學長一隻手，讓哈維恩朝他腦袋來一下，接著扛著走人。

可惜千冬歲臉色大變後只顧著看他哥，沒理解我的目光。

默、默契不足。

夏碎學長對著我們笑了笑，然後抬起手，小白肥大的身軀往前一擋，攔住我們的腳步。

「哥你幹什麼？」千冬歲驚恐地看著他哥，剛剛鎮定禦敵的模樣完全消失，只剩下滿滿的痛心和懼怕。

「沒事的。」夏碎學長隔著小白，微微笑著，隨即收起笑容，轉向雪野家主，聲音淡淡的，聽不出來現在的情緒：「想要我的命爲千冬歲鋪路，那在死前，是否能給我一個心服口服的眞相，作爲對我、你的長子最後的憐憫？」

雪野家主面對夏碎學長似乎就比較沒有那麼嚴厲了，而且說不定眞的有點愧疚，連帶地代表他的式神神色也和緩很多，還軟下心腸似地嘆息：「問吧。」

我不知道夏碎學長到底是抱持什麼想法回到這裡，他現在看不出喜怒，拖著疲弱的身體站在自己親生父親前面，手背上還有邪神烙下的印記。說起來，他臉上的似乎消除了，沒有先前那麼嚴重。

雖然想問他一些話，但這狀況實在是無法追問，我有點擔心他在夢境裡和邪神碎片的糾纏，雖然他醒了，可是那些惡夢不知道會造成什麼影響。

希望不要往壞的方向發展。

「母親是眞心愛您，直到我見她最後一面時她還惦記著您，而您迎娶她的時候，一次也好，有說服過她放棄替身家族的身分與對您的替身術嗎？」夏碎學長微微握起拳，又緩緩鬆開，好像在平衡自己的情緒。「藥師寺家族可選擇替身術爲人擋災，也可以死來替人延續生命，我們越強，能替將死之人補足的時間軌跡越完整，越不容易被維護時間的種族追究……我們用自身的力量與生命編織替身術，交換所愛之人的死亡，母親是同輩的佼佼者，遠遠強過我，若是沒有出嫁，原本也是藥師寺家族的家主指定繼承人之一。」

「那麼，您迎娶她的時候，是愛上她的眞心，還是愛上她的力量？」

空氣有瞬間的寧靜。

夏碎學長並沒有廢話太多，直指他內心的黑暗。

他在昏迷這段時間到底被邪神引導看見什麼我無從得知，不過他的動搖造成邪神趁隙而入，母親的死亡眞相恐怕是最大的缺口。

一直以來所有人、包括雪野家主，都聲稱夏碎學長的母親是死於一次對家主的襲擊。

如果不是呢？

「母親的死狀過度慘烈，那是非常、非常強大的力量造成的，但當年也有藥師寺家的長者懷疑過是咒術逆流引起的死亡衝擊。如果不是外力襲擊，而是族老們提出過的逆流……那麼父親，您究竟做了什麼，讓母親在瞬間遭受足以將她靈魂都扯碎的毀滅打擊？」說到這邊，夏碎學長的聲音已經有點發顫，邪神印記再次鮮紅起來，幾乎要滴出血。

「我愛她。」雪野家主低沉的聲音響起，語氣裡帶著一抹不易察覺的溫情。「我對楓的愛，與她對我的愛，把我們兩人緊密連繫，就像你和千冬歲有著血緣羈絆。」

「那就是替身術最重要的核心信念。」夏碎學長閉了閉眼睛，透出稀薄的痛苦。「血親的連繫、所愛之人的羈絆、最重要之人的付出……越強烈，越容易在第一時間為想守護者擋去災厄死劫。」

「所以，我該怎麼說服她放棄？」雪野家主聲音陡然一變，再次恢復無情。「她的犧牲是為了成就雪野家族，你的母親選擇大義，讓她的死亡有所意義。」

「您擅自偷偷進行了神祭？」千冬歲聽著他們交談，話語中透出的訊息對他的打擊意外很大，整個人開始顫抖，原本的凶悍堅強蕩然無存，甚至幾乎失態。「所以你才執著用哥的生命來換我的前路？因為你知道可以避開神祭失敗的死亡？那時候你失敗了，害死哥的母親？」

「這是楓的選擇，何來害死。」雪野家主冷冷看了眼千冬歲，對於他的反抗還是很不悅，態度趨於煩躁、不耐。「夏碎的命盤在出生剎那已定，楓知道他一生命薄，註定無法終老，短暫的人生如煙花燃盡，很快就不存於此世，既然如此，為何不讓他用這份短暫換取你的光明大道，成就你在雪野家最偉大的地位。如果不是因為如此，楓何必把他帶回藥師寺，何必隱忍他人的冷漠以對，你們兩個正在糟蹋楓的犧牲與死亡，還想白白浪費她的一片好意。你的母親，不是讓你守護弟弟嗎！」

最後面這兩句是衝著夏碎學長，但聽著的千冬歲臉色跟著一白，身形有點搖晃，像是快被那些惡言撕裂。

夏碎學長沉默了。

「是不是好意我們不知道。」一直在抵禦上方巨掌的萊恩突然打破沉靜，他看著淚流滿面的千冬歲，語氣帶冰地說：「但是我不相信充滿愛意的人，會狠心讓自己的兒子和他的兄弟痛苦一輩子，到死前都不能釋懷。」

「喵喵也不信！」緊緊抱著發抖的千冬歲，喵喵吸吸鼻子。「說什麼命薄就要成就大義，千冬歲和夏碎學長那麼努力，結果卻那麼痛苦，這根本不公平！」

我推開小白想擋住我的大屁股，對著雪野家主冷哼：「很抱歉，我也不信，而且我一直覺得你們雙方的說法有出入，太八點檔了，這種老梗後面都還有黑幕可以挖，不好意思，今天還眞的不能讓你對夏碎學長和千冬歲出手，他們都是我的朋友，我希望他們這輩子都開開心心的，而不是被什麼大義搞到某天突然憂鬱症發跳樓自殺。」

看著雪野家主的態度，我突然知道夏碎學長這扭曲的個性到底怎麼形成的了。

握著已經吸滿黑暗水晶力量的小飛碟，魔龍還沒修復到讓他可以出來的程度，我只能把黑暗力量整個反饋到自己身上，直接掀出恐怖力量，「哈維恩！」

蓄勢待發的夜妖精瞬間抵達夏碎學長身邊，不由分說地扣住人往後拖，讓黑暗術法擋住後頭追擊來的家主式神，恐怖力量與式神術法對撞的瞬間天搖地動，我的腦袋也狠狠一痛，有種差點爆開的感覺，瞬間眩暈了一秒，鼻血快速冒出。

式神立刻展開第二擊，配合上方再次拍下的巨掌，幾乎毀天滅地般地要把我們滅頂。

冰冷的風掃過來，在黑暗打開的結界前，瞬間橫著拉出一面冰牆，高聳並散發可怕寒氣的冰壁閃電般延展到靈池區域的另外一端，幾乎看不見盡頭，滿地打滾的精怪直接被凍結，唯有我們幾個和小白沒有被凝住，也沒有被寒冷襲擊。

霸道的攻擊短短兩、三秒內完成，精靈術法取代萊恩被拍碎的天頂，層層泛出銀光的術法陣形各自轉動，被巨掌一拍依然穩固如山，毫不動搖。

如果是敵人，那這波攻擊就很可怕了。

但是現在我只有滿滿的高興，根本看到救星。

「學長！」

把擋路的小白掃到一邊，高空落下的學長穩穩站在我們面前，狠狠瞪了夏碎學長一眼，然後拍拍我的肩膀。「還行。」

「嘿嘿！」我擦掉鼻血，得意。

不過歡樂的場面沒有維持多久，冰壁被對面的人一擊，粉碎出一個大洞，大洞周邊開始爬出成千上萬的裂痕，粉碎厚冰高牆，漫天噴飛的冰粉中，出現的並不是先前那個式神，而是更爲強勢、壓迫的身影與力量。

面對著自家搭檔父親的眞身，學長懶洋洋地與對方眼神交戰，高冷地開口吐出兩個超沒禮貌的字——

「垃圾。」

雪野家主本尊出現時，靈池周圍整個大騷動。

原本被埋掉的照雪姬終於從萊恩的幻武裡脫身，站到雪野家主身後，更多穿著古老家族正裝的人也紛紛出現於對方身後，或是以我們爲中心，站在各處向我們展開包圍，各式各樣小神靈或式神出現在他們身邊，讓人窒息的針對性威壓硬是按到我們頭上，想讓我們屈服跪下。

雪野家的高位者和長老群，恐怕還有旁系家族的族長、菁英戰士，個個都以超不友善的神情看著我們這些「惡意的破壞者」。如果怒氣可以實體化，我們大概已經被這些族人撕成碎片殘渣。

「爲了殺夏碎你們也是眞拚。」學長握著長槍，用一種保護者的姿態橫在我們前方，挑釁地把那些不善眼神一個個瞪回去，壓根不管那些族老輩分是什麼，明擺著有意見就來打架的態度。「還有想碰我的學弟妹們，不知道我們學院最崇尚的就是報復嗎。」

我以爲我們學校最崇尚的是自滅、內鬥、互相殘殺。

一陣輕柔的風捲來，流越也出現在我們前方，大祭司權杖底端點地，輕巧地卸掉四面八方示威性的壓力，適時幫了我們一把。

我們都被發現並包圍的現在，流越確實也不用在住所那邊幫我們隱藏了，所以他第一時間趕過來伸出援手，人眞的很好。

「不論是神諭或神祭，都該是當事人們心甘情願，抱著清澈與崇敬之心而爲。一個古老家族要壓迫小輩至此嗎？」年紀可能比在場所有人加起來都大的羽族祭司冷漠地傳音。「不明白你們人類的大義爲何，但羽族由古至今的死亡道路都以我們的意願去選擇並尊重；而不是架構謊言誘騙和強迫逼害，身爲侍奉神的古家族，你們應該羞恥。」

流越可能眞的有點生氣，話竟然變多了。

「雖然你是大祭司，也無權干涉雪野家內部的決定，更沒有理由指責我們，夏碎的犧牲並沒有謊言和誘騙……」

「眞的嗎？」學長打斷雪野家主的話，深深盯著他幾秒，突然笑了聲：「是不是謊言，今天說清楚。」

「你什麼意思？」雪野家主危險地瞇起眼睛。

「我一直覺得夏碎最近狀況有點問題，吃過凝神石應該是會提升精神與身體等各方素質，況且燄之谷狼王與冰牙族還特別出手調整過，不可能對他有害，那就是還有另外一種可能。」學長往旁邊站了一步，他原本的位置後撕開了條空間裂縫。

剛剛才被我腹誹過的魔使者扶出一位超老的老人，外貌還有點仙風道骨，好像是某種深山裡面挖出來的修道者，整頭的頭髮和長到腰的鬍子都是雪白的，人看上去有點慈祥和藹，皺巴巴的臉滿是親切，但那雙帶著睿智精明的淡色眼睛在看向雪野家主時，居然充滿失望和怒氣。

「夏碎的身體不是變糟，而是被修復。」學長冷冷地說完剛才的話。

看見老人的出現，包圍我們的雪野族人包括一些小神靈都抽了口冷氣，開始竊竊私語，比較近的低語甚至傳到我們這邊。

「雪谷地的大長老？」

「為什麼……？」

「雪谷地不是隱世？」

「大長老為什麼會來？」

老人收回被六羅扶著的手臂，改為揹著雙手的站姿，看似很隨意普通地開口，但聲音洪鐘般震動整片夜空。「安靜！」

所有聲響霎時消失。

滿意地點頭，老人重新把視線放到雪野家主身上，毫不客氣地直呼名字：「史暉，你倒是說看看夏碎這孩子是什麼命盤？」

剛剛還一直在嗆我們的雪野家主突然哽住，整個人看起來超奇怪，好像不是很想再開口說這件事，憋了半天才終於說出一句：「大長老，請您不要干涉雪野家……」

「閉嘴！」老人的聲音再次破開黑夜，強勢得完全不給家主面子。「老夫雖然不問事，但十多年前也期待過點亮我們雪谷地星盤的新生，不知道出了什麼錯誤，那張命盤竟然在翌日逆轉，變成尋常無奇的凡人。」

「這……」雪野家主第一次出現明顯動搖。

「雪谷地星盤最初所顯示的是……」

「大長老！」猛喝了聲，雪野家主制止老人，這個冒犯的舉動讓周遭那些族老們皺起眉，但並沒有人出聲阻止他。「事已至此，爲了雪野一族的未來，何必要再重提舊事。」

可能也聽出眞的有八點檔的慣例黑幕，千冬歲離開著急的喵喵，擦乾眼淚，再次恢復他身分該有的儀態，恭敬眞切地朝老人一躬身。「請雪谷地大長老說清楚，事關我哥，我願意放棄繼承，也願意放棄龍神血脈，付出任何代價都可以，請大長老告訴我們事實。」

「你閉嘴！」雪野家主惡狠狠瞪向千冬歲。

「正大光明就該說清楚，遮遮掩掩、畏頭畏尾，哪有家主該有的樣子！」千冬歲反噴回去，終於出現他該有的毒舌：「命盤說我哥是劫難命薄的無能凡人，可是我哥靠著自己的努力贏過你們嘴裡的有能之人，他哪裡像凡人！雪野同輩有人敢挑戰我哥、公會紫袍嗎！」

這點我真的同意。

夏碎學長自稱是凡人，恐怕其他凡人都該哭死了。

站在旁側的夏碎學長低下頭，說道：「請大長老說清楚吧，至少給我一個死能瞑目的理由，否則我至死都不甘心母親的下場。」

「慢著，既然觀禮在即，這件事應可以壓後再談。」可能是看狀況真的不對，族老群有人開口：「雪谷地大長老，您隱世多時，雪野家的事一時半刻也說不清，繼承人與其未來茲事體大，不如待觀禮舉行完畢再說吧。」

「今天如果不在這裡把話講清楚，你們就另找繼承人。」千冬歲冷冷看過去，瞟了那名族老一眼。「我哥的事情沒有給我一個答案，我就在今天宣告脫離雪野一族。」

「妖師一族很期待雪野少主加盟。」我環著手，露出邪惡的笑容。

那名族老整張臉都氣紅了，但又不敢真的把千冬歲除名。

說到底，他們要的就是千冬歲的血和夏碎學長的命，今天不管少哪一個，他們所謂的神祭都做不成。其實最好的籌碼就在當事人自己手上，顯然千冬歲也已經看透這點，就一腳踩住族老們的痛點，開口威脅。

「可以，今天如果不把話說清楚，我雪野千冬歲立刻叛離家族，投奔妖師一族。」千冬歲握了握我的手臂，表示他的感激。

「亂來！」眾族老們一陣喧譁，不過也有些人若有所思，可能在盤算少主易位，說不定旁系能因此得權的利益。

雪谷地的大長老再次喝斥了聲，那些紛鬧戛然停止。

「確實，夏碎這孩子是一生劫難命薄之子。」大長老輕嘆了聲，有點憐憫地看著夏碎學長，透出慈愛可惜的目光。「然而星盤上最初的顯示，卻是神靈眷顧之子。劫難命薄，神緣眷顧，溝通四方，神鬼爲將。藥師寺夏碎，是我們正統雪谷地最原始的神巫血脈繼承人。」

老人話一出，周圍一大圈雪野族人整個愣住，不少人面面相覷，似乎雪谷地帶來的消息讓他們很吃驚。沒想到在最崇拜龍神血脈的家族裡，竟然會有人重新繼承回雪谷地的血脈。

「老夫倒想問問，出生時雪谷地星盤大亮，該是我們的繼承人，爲何在一天之後失去這份力量。雪野史暉，你對你兒子幹了什麼好事！」大長老說到最後幾乎已經變成怒吼，整個靈池聖地嗡嗡地迴盪著巨響，連池水都劇烈波動不休，彷彿害怕著看似無害的老人的怒火。

這瞬間，我突然想起魔龍的話——「他的體質也很合適」。

「我請教過大長老，如果夏碎最初命盤眞的遭到破壞，那麼在使用過凝神石後，身體有異不是因爲狀況變差，而是正修復他被破壞的原始體質與能力產生的影響，包括對某些區域力量更加敏感，才會有造成不適的錯覺。」學長看了眼怔住的夏碎學長，露出爲對方感到不值的氣憤。「雪野家主眞的很厲害，就連最強的術師都沒有發現被破壞的宿命，請問您付出了多少代價遮掩？如果不是凝神石修復露出端倪，邪神因此這樣纏上他，逼得你不得不先下手爲強，才不會在凝神石修復出苗頭後被人發現……是這樣的吧。」

說起來，雖然沒有那種神巫的力量，不過還是有些怪怪的東西下意識纏上夏碎學長，除了他是人類之外，根本原因就是在這裡嗎？

就算看不見肉，但是也聞得到肉香的意思？

現在仔細想想，夏碎學長也很喜歡學習有的沒有的術法，特別是符咒和奇怪的歷史咒文，所以扣除掉爲了保護自己脆弱的人類身體，還有天性使然的成分在嗎？

夏碎學長退了一步，被哈維恩扶著，站在他旁側的千冬歲則是一臉慘白。

「我就知道我哥一定很厲害……」千冬歲面無血色地露出有點慘烈的苦笑，下一秒猛地抬頭，怒火沖天地指向自己的父親。「既然是雪谷地繼承人，就應該請雪谷地來迎回，你變相殺害繼承人，是想與我們的起源家族開戰嗎！」

「住口！」雪野家主怒罵：「放肆！你是最接近神的龍神子，區區一個活不久的繼承人有什麼可惜，再怎麼強，能強過未來成爲龍神一族的你嗎！」

「住口！」這次換小白咆哮了，巨大的犬神扭曲變形，再也不是那隻憨憨的小狗模樣，變得如同狼虎一樣的恐怖野獸，皮毛燃起火焰，一大圈的黑紅色火焰環繞在祂周身，竟然有種恐怖又高貴的魔獸感。「我主人欠你了嗎！你他媽那麼想要替身，不會再自己多生一個凡人嗎！你是生不出來還是被閹了！拿我主人開刀算啥！當犬神這麼多年沒看過這種厚顏無恥的傢伙，乾脆詛咒你們全族瘟疫蔓延好了！」

「他可能眞的生不出來，破壞祭司神巫天命的人，很容易絕後。」一直在看戲的流越冷不防插進這麼一句，還是精神公頻道的大眾廣播，全部的人都聽得清清楚楚。

然後空氣就安靜了。

嗯，尷尬。

第十話　真正的理由

「母親知道這件事情嗎？」

良久，夏碎學長才幽幽地開口：「她死前，知道嗎？」

雪野家主沒有答話，至少沒有理直氣壯地說「她知道」，所以已經變相回應夏碎學長的答案：他的母親不知道。

就像夏碎學長不知道自己被「大義」定位成神祭替死，他的母親也不知道爲了這場神祭，她兒子該有的人生和力量在出生那一刻就被剝奪。

可笑的是雪野家主還在他面前裝溫情，間接推動受害者如他所願成爲弟弟的替身。

現在眞相血淋淋地攤在大家面前，我覺得這已經不能用殘忍來形容，而是恐怖，這種手段太恐怖了，爲了一個神祭喪心病狂地設計自己的妻子和兒子，正常人眞的能做到這種地步嗎？

「孩子，跟我回雪谷地吧。」老人見事態發展成這樣，也不免對雪野家產生怨懟，原先對那些包圍的人還算平和的目光整個改爲不以爲然，甚至不悅，「這位冰與炎的小殿下對雪谷地說明你的狀況，如果凝神石的確在修補，那麼你很有機會可以得回你該有的身分。」

「不行，我哥身上還有邪神印記。原本打算上告龍神時想請示處理，現在可能要找別的方法。」千冬歲攔住急切想把人帶走的老人，沒在一片混亂中忘記眼前更危險的事情。「如果我哥原本就是雪谷地的繼承，那麼邪神就真的不會輕易放過他，雪谷地一族能召請四方神靈預言或附體，對邪惡來說是最好的容器。」

「先回水火妖魔大人那邊吧。」讓人跑掉的六羅終於找到機會插嘴：「夏碎和犬神溝通，讓我們措手不及，趁邪神碎片還沒追上來先返回，燄之谷與冰牙族也遞來消息，兩方的使者已經在用最快速度請回王者們了。」

「事情還沒完。」學長打斷眾人的七嘴八舌，一個箭步往前抓住低垂著頭的夏碎學長的手臂，厲聲道：「藥師寺夏碎，清醒點！」

我們這時才發現，看似恢復冷靜的夏碎學長身側繞出一絲黑暗，他慢慢抬起頭，原本已經消退的紋路再次出現在他的左臉上，沿著頸側蜿蜒向下，從血紅轉為黑紅，最終呈現了深淵般的暗黑。

夏碎學長好像感受不到自己的變化，只是有點發愣地看著雪野家主，突然低聲呢喃：「這樣嗎……原來我也是……我以為我不是……難怪你要破壞雪谷地的……」

「夏碎！」雪野家主連忙開口，打斷了那些話語。

「哥？」千冬歲惶惶不安地抓著夏碎學長另外一隻手。「哥，你不要再管那個人了，別管了……」

這瞬間我頭皮一炸，本能性衝上前撞開學長，「退開！」哈維恩也猛然把千冬歲往後一拽，我放出恐怖力量，同時看見夏碎學長腳下出現塗鴉樣子的黑色陣法。

六羅與我交換一眼，直接驅動術法，把從夏碎學長身後冒出來的東西硬甩出去，另一個陣法蓋在那東西身上。

不過沒順利抓住。

幾乎已是成人大小的灰影撕開魔使者的法術，發出獸類的嚎叫，原本充滿濃郁靈氣的靈池整片染黑，發出腐敗的氣味，大片櫻花樹幾乎瞬間枯死，花瓣在樹上扭曲焦黑，燃燒了起來。

「邪神！」

「布陣！」

「立刻封鎖！」

現場立刻混亂起來，原本來支援家主的雪野族老們可能沒想到今夜會變成邪神入侵這麼盛大的場面，幸好他們還記得要應對，馬上指揮帶來的屬下和支系子弟拉出封鎖陣法，請來圍剿我們的大小精怪神靈也迅速進入最高警戒，各式各樣的白色力量爆發，十幾道大大小小的光柱沖天，強力鎮壓往外散去的邪惡與毒素。

「真是個好地方，充滿了自私自利和腐敗的香氣。」

邪神碎片發出滿意的嘆息聲，完全無視朝它砸去的幾十種術法和符咒，一揮掌直接抓住撲到它面前的狼形精怪，眨眼撕成兩半。

人形灰影轉向我們，正確地說是夏碎學長，空白無一物的臉上突然拉出條血色的線，彎成笑：「等等來找你。」

靠！

被我撞開的學長轉手一個精靈結界立起，人形灰影也沒搭理我們，似乎找到新的遊戲場一樣，居然轉身撲往雪野家那些式神和精怪，瞬間各種斷肢肉塊飛濺，眨眼形成煉獄的畫面。

「你們離開這裡。」流越擋到我們前方，張開層層防護，在人形灰影竟然開始分裂成兩個時說道：「這裡有神靈能克制它，先將夏碎帶離，如果被它得到軀體降世就糟……」

「殺掉那個帶來災禍的外姓子！」

族老裡不知道誰突然這樣大吼：「邪神要他的身體獻祭降世，快殺掉！」

這下子眞的變成超級混戰了，一波菁英武士和精怪轉頭朝我們的方向殺過來，部分可以用結界陣法擋下的還好，最爲麻煩的是那些奇奇怪怪的小神靈。

第一個衝進來的就是照雪姬，這位可能和我們快要有嚴重過節的神靈與流越對上手，羽族法杖一敲，一時間竟與對方不相上下。

「你們家的護族神靈眞的很混帳。」我忍不住對千冬歲發表一下我的感想。

「以前沒感覺，現在也覺得他們很混帳。」千冬歲咬牙闖到他哥身邊，揹起半失去意識的夏碎學長，也不顧自己會不會被邪神印記影響，匆匆回到我們身邊，讓哈維恩和六羅、學長嘗試壓制那些範圍越來越大的黑色圖騰。

他前腳剛回來，整座山突然一震，好像有什麼巨大的東西朝著山體撞擊，竟然整個地面都傾斜了。

「糟了！」正在幫忙阻擋神靈的雪谷地老人臉色一變，「神鎭山！」

「各位老大，那個黑黑灰灰的東西少了一個正常嗎！」把精怪甩出去的小白回頭大叫。

人形灰影分裂之後本來變成兩個在攻擊雪野族人，但是現在只剩一個。

「靠杯！墮神族屍體！」不久前才聽完小白的導覽，我當然知道這座山底下有什麼鬼東西，現在邪神碎片少一個，用腳趾甲想也知道它去哪了。

「你們快走！」流越粗暴地直接用法杖把照雪姬拍走，然後將祭司神器往已經染黑的地面一插，巨大的陣法圖騰急速往外轉出，切開邪惡氣息的純淨風力迴旋在夜空之下，看不見的山林各處飄起淡淡綠光，似乎在回應大型守護術法。

「必須把這座山的空間與外面切割，否則外界會死傷慘重。」六羅拉了拉斗篷帽，讓塗鴉文字沉入流越的陣法裡，哈維恩也站在一邊協助他。

「小輩們快離開，老夫來會一會這些妖魔鬼怪。」雪谷地的大長老雖然初時驚愕邪神碎片的出現，不過倒也很快就挺身而出，雙手快速結陣，幾張符紙被點出，正好貼到震動的空氣上逐漸被撕開的裂縫。

從裂縫那端，我們幾乎可以聞到狂信徒興奮擁來的臭味。

「千冬歲！」喝斥聲從保護壁外傳來，雪野家主正大步邁往我們這邊：「你真的要叛出家族？在這大難之際？」

千冬歲愣了下，看著走近自己的父親，然後看著那些被邪神碎片撕成碎屑的精怪與被擊殺後開始扭曲的族人屍體。

「歲？」萊恩抓住千冬歲的肩膀。「該走了。」

這時候可能千冬歲心裡異常煎熬，我想他還是放不下雪野家族，即使剛剛這些人包圍我們，但眼睜睜看著這些血親被邪神碎片獵殺、扭曲，他卻是不可能眞的一走了之。

「冥漾，我哥先拜託你一下。」千冬歲回過頭，抱歉地看著我們，「我和父親講句話，請大家等我片刻。」

我接過夏碎學長揹到身後，千冬歲尋求我的幫助我也知道理由，在場可能我最不容易被邪神碎片影響。學長站到我旁邊，再次往夏碎學長身上按進幾個精靈術法，他的臉色超難看。

夏碎學長的身體很冰冷，幾乎快沒體溫一樣，如果不是可以感到心臟還在跳動，我眞的會覺得很恐怖。

就在千冬歲轉身要去和他父親照面時，夏碎學長突然動了動，蒼白的右手抬起，很輕很輕地拍在千冬歲肩上，像快要用盡氣力的模樣，虛弱的聲音幾乎只剩下氣音：「……不是……你的錯……」

這一秒，我看見千冬歲眼淚差點又掉下來。他匆匆一抹眼睛，堅強地點點頭，重新換上冷淡的面孔去應對雪野家主。

我們看著他走到保護陣法邊緣，爲了讓父親不被襲擊，千冬歲還是把雪野家主引進來，就站在不遠處談話，交談內容我們全都能聽見。

有時候人們就是不會對於自己最信任或曾信任過的人特別設防，在最危險時刻，我們還是會相信這些人是與我們站在同一邊的友方，即使先前才剛生死相搏，激烈地爭吵過。

而後悔往往就是發生在這麼一瞬間。

「邪神碎片衝著我哥，我將他安置好馬上就會回來，請父親先帶領族老們進行請神儀……」

千冬歲的話說到這裡就停止了，他退後一步，臉上充滿驚愕和不可置信。

一柄纏繞著咒術的匕首插在他的胸口，帶著淡淡金色光芒的刀鋒深入心臟處，鮮血在白色服飾上像是花瓣一樣染開了艷麗色彩。

「不、不不不——！」千冬歲按著匕首，幾乎崩潰嘶吼。

雪野家主冷漠地看著自己的親生兒子，臉上透出一絲決絕的殘忍：「這是你們兄弟逼我的，家族大義不容你們踐踏，去進行神祭吧，在他的血流盡之前。」

喵喵發出尖叫。

這個時刻，我莫名只覺得四周變得很安靜，安靜到我的知覺似乎都被關閉了，只有後背慢慢被浸濕的溫熱感，強烈到好像快被灼傷。

眞的好燙。

※

鎮壓墮神族的神鎮山在這一天被邪神碎片污染。

長久以來沉寂在整座山體下的墮神族再次被邪惡喚醒，沖天邪氣遮蔽整片天空，古老的詛咒聲與腐敗的血腥惡臭從土壤裡蔓延而出，一些逃避不及的弱小精怪不是當場被絞得血肉模糊，就是哀嚎著扭曲成鬼族。

流越等人還是趕上在邪惡侵蝕外界之前架構好大結界，硬是把神鎮山所在的空間與雪野家建築群等外界整個切開來，差那麼一點點外頭就會淪陷。

守護結界內，千冬歲將自己的父親打出保護範圍，抽出插在胸口的匕首，如果不是萊恩壓制住他，他很可能會整個人發狂把刀插回雪野家主的心臟裡。

我把夏碎學長從背上放下來，攙著他的人小心翼翼地原地坐下，讓痛哭失聲的喵喵緊急替夏碎學長治療。但那柄匕首造成的傷不知道怎麼回事，不論喵喵用什麼方法，連之前用在萊恩身上那些抗詛咒藥物都用了，傷口卻完全沒有癒合跡象，只能看著血液詭異地以緩慢的速度流淌，一時之間竟還不會大失血引起休克。

家族大義眞的這麼重要嗎？

爲了成神，犧牲了妻子、親生兒子都無所謂嗎？

「咒殺。」學長接過萊恩遞來的匕首，立即分辨出上面的咒術，他大概也快瀕臨抓狂邊緣了，刀柄在他指間裂開，碎成渣渣片片。「直到血盡爲止。」

爲了強迫千冬歲，不乖乖進行神祭，就讓他眼睜睜看著他哥緩慢地把血流到乾而死嗎？

我眞的生氣了，正想對整個雪野家進行詛咒時，學長一把抓住我的手腕，冷冷的聲音掃過來，帶著一股冰涼的冷風，瞬間吹散不少我的憤怒。

「別衝動，詛咒雪野家無濟於事，這是家主個人行爲，你別讓白色種族有理由對妖師一族進行討伐。該索的帳，我們會討，但不是用這個方式。」學長看我點頭後才放開手，然後扶過夏碎學長靠在他身上，低聲開口：「夏碎，如果還清醒，你要我們去哪？我陪你結束這一切。」

學長的聲音眞的很低，壓抑著怒氣，而且還有一種我以前幾乎沒有感覺過的情緒——他很難過。

以前學長也是常常會心情不好，但是我第一次這麼明顯察覺他在難過。雖然他看上去很鎭定，可能轉頭就會這麼冷靜地去把相關的人都打死，可是他沾著血的手微微顫動，就連他自己在面對死亡時都沒有這麼遲疑不安過。

或許眞的聽見學長的詢問，夏碎學長掙動了下，氣若游絲的聲音飄出來：「……龍……潭……」

「祭龍潭？」我猛地反射性接話。

以前我們在逃命時，夏碎學長曾開過玩笑，要帶大家去雪野家的祭祀禁地祭龍潭躲避，還說龍王自己會報仇。

那時候的畫面恍如隔世。

當初一起跑路的人們，一位已經不在了，一位的生命正在緩緩地被結束。

「對，我們去祭龍潭。」被萊恩拉過來的千冬歲一聽見交談，立刻停下掙扎，恢復理智，撲過來抓住夏碎學長的手。「黑龍王會救你，黑龍王允諾過將成爲我的守護者，不管祂要什麼我都給，哥你撐著點。」

狂信徒和黑術師終於衝破被封鎖的空間裂縫，大舉入侵神鎮山，山林各處燒起黑色火焰，風帶來的全都是生靈悲鳴。地谷被古老的邪惡撕裂，深淵裡的墮神族屍骸化爲死而不甘的厲鬼，一點一點地從地獄裡爬回人世。

千冬歲揹起夏碎學長，打開通往禁地的門戶時，我們都看見雪野家主笑了。

那是種高位者不容被反逆決定的得勝笑容。

流越揮手把讓大家都煩躁的家主掃開，「你們去吧，雪野一族這邊不用擔心，我們會牽制到救援到來。」曾經在孤島裡要與妖魔鬼怪同歸於盡的大祭司說道：「我相信你們，你們相信我，去吧。」

我看向哈維恩，他與六羅、雪谷地大長老分別撐起羽族的守護大陣，擴大保護區域，讓更多的生靈和雪野族人能夠進來避難。

夜妖精似乎感受到我的目光，回過頭，朝我點點頭，開口：「做你想做的事吧，我替你守住這裡。」

別死。

我知道哈維恩懂我的意思。

然後我轉身，踏進通往祭龍潭的走道。

※

祭龍潭並不在神鎮山內。

應該說不在雪野一族那座小城裡面，而是在另外一處土地上，似乎是龍神舊地還外加什麼風水寶穴之類的，地脈有部分和神諭之所相連。神諭之所每十年會進行一次龍神大典，家主會在此地與龍神們交談，簡單地說，就是近似龍神們的神廟。

祭龍潭平時是禁止踏足的禁地，除了龍神大典以外，想要打開進入的門戶也就只有在某些被允許的狀況下，家主或是龍神血脈繼承人才能夠開啓。

龍神們十分厭惡外人踏入祂們的土地。

這是來到入口時，萊恩簡單告訴我們的狀況，其實和夏碎學長以前說過的差不多。

不過在萊恩輕聲說著這些時，我總覺得好像哪裡不太對勁，可是又說不上來，然而眼下的狀況也實在是讓人沒有心力多想。

千冬歲執意要自己揹著他哥，不管會不會被邪神印記影響都不願意交給我，我只能盡力在心裡祈禱夏碎學長不會有事，然後和學長一個拆解印記上的黑色力量、一個用精靈術法壓制想擴散的印記範圍，喵喵則是努力想讓血流得更慢一些。

祭龍潭的入口其實是一處深淵，位於某個山脈裡，我們只能透過傳送抵達門戶，但進入祭龍潭卻得靠自己走進去，因爲整座山都有著龍神守護與抑制術法，不能在範圍內任意來去，雖然這段步行的路平常對我們而言可能還好，但現在卻讓人感到很漫長。

萊恩在前面探路時，千冬歲揹著夏碎學長，深怕他哥很可能就這樣一睡不醒，一直低聲說著各種話題想讓對方保持清醒。

「幼時我一直聽著母親不斷告訴我，大夫人是位非常溫柔美麗的女子。說她一心一意愛著父親，愛他所愛，不論是家族或是族人，連帶著也對母親極為友善……母親說她怎樣都想不明白為何大夫人會被冷落。」

「哥你離家前，是很溫柔的人，我也不明白為什麼你必須要離開。如果時間可以倒流，我打從心底希望我們能像一般兄弟一樣一起開心地長大，我們可以為了很多芝麻綠豆大的事情爭執，也可以為了很多愚蠢的事情把對方弄得很狼狽。」

「進到學院可以見到你，我眞的很開心，但我不懂該怎麼讓你回到家裡，你是我的兄長，住在雪野家應該是天經地義的事情，不管該死的命盤說什麼，都不能改變你是我哥這件事。」

「在情報班裡，我看著你和學長經手的各種任務，我一直很自豪，很想告訴大家這就是我哥。什麼鬼命盤，那些閒言閒語根本都不該存在，我哥就是這麼強的人，命盤根本不準。」

「就算出生時，降生的命盤是如此，但我們是能改變一切的，用初生命盤來趕走我哥，根本是件沒道理的事情。那些活久了的老人思想僵化，根本不應該繼續掌權，旁系的聲音也太吵，每個人都為了利益爭奪掌權者位子……我就肅清他們。」

「母親說，大夫人與哥會走，有很大的原因是神諭之所僵化太久了，必須要把盤據在裡面的腐敗拔起。所以我一點一滴地把那些旁系消滅，慢慢處理掉那些過大的利益結盟體，我想著如果我當家主了，我要改掉很多事情，包括那個該死的初生命盤決定誰的一輩子，我要用最盛大的方式迎回我哥，讓所有當初瞧不起你們、逼走你們的人徹底懺悔。」

「我以為你可能選擇別人作為其替身時，我一度嫉妒過學長，但我知道我比不上他，我不夠強，所以當不了被哥選擇作為搭檔的那個人，眼睜睜看著我哥去當他人的替身。」

「可是當我知道你選擇的替身是我的時候，我寧願你當別人的替身，因為太痛了……」

「後來我開始害怕，我很怕哪一天害死你。」

「我覺得其實你不用回雪野家也無所謂，我只想要你好好的。」

「哥，你別睡……千萬別睡……」

我們聽著千冬歲斷斷續續的話，沒一個人開口，那些疼痛連我們都可以感受到，走在一邊的喵喵啜泣的聲音相當壓抑，纖細的身體又悲傷又害怕地發顫。

我們都怕夏碎學長撐不到走完這段路。

一路上不斷出現的鳥居彷彿正在接引我們通過死亡之路，每踏一步都像踏在名為恐懼的針尖上，既疼又鮮血淋漓，卻不得不走下去。

如果今天夏碎學長在這裡沒了，我想千冬歲應該也會跟著走，或者會就這樣永遠瘋狂。他面對不了自己父親造成的傷害，更沒辦法接受父親打從一開始就把兄長母子置於死地的做法。

而他本人還痴痴地渴望能夠將哥哥帶回來，甚至極力地培養著兄弟感情，還妄想家族能夠對於趕錯能人出門感到懊悔。

雖然立場與背景不同，但我可以感同身受。

當我知道母親和家族被迫害的內幕，第一次曉得冥玥和然的那些承擔時，我也非常痛苦。我甚至還感覺到自己很丟臉、愚蠢，我的不知情建立在大家用痛苦爲我搭起的幻象上，而我無知無覺。

多少怨懟過然和冥玥把我排除在外的做法，可他們身爲兄姊想要讓我遠離凶險的苦心卻讓我不忍苛責，那點不滿全化爲愧疚，我只能感到強烈的無力，直到今日那抹疼痛還是揮之不去，時時提醒自己當初他們所受的苦。

我想，我有多恨造成我處境源頭的重柳族，現在的千冬歲恐怕就有多恨他的父親。

最終我們還是走到了祭龍潭的中心點。

如名字所述，這是一片非常大的山體內積出的深潭，山腹內的空間可能佔了半座山的大小，經過人爲開鑿，深潭中心處有著一座神社，外面掛著些我說不出名字的祭祀用品，神社對面雕琢了幾個巨大的平台，山壁上有著各式各樣龐大龍雕，形態、面孔和模樣全都不同，或是展現龍神的記事壁畫，或是單純雕繪龍神軀體的美，一眼望去，幾乎成千上萬頭栩栩如生的龍刻，氣勢磅礴，相當驚人。

一行人進到神社裡，萊恩很快地就在裡面翻找出一些備用的祭祀衣飾，把那些鋪在地上好讓千冬歲把夏碎學長安置上去，緩緩流出的血液立即把柔軟的布料染開一小片，生命氣息在上頭慢速蒸發，牽引來替代的死亡氣息。

神社四面都是拉門，全部敞開之後，整座神社四面通風，反而有點像大型的水上庭院。

千冬歲迅速找出整套祭祀用品，熟練地全都擺放好，供奉上經文與祭祀品，接著從收存物裡取出一盞白燈籠，踏出神社，站在水邊祈求了片刻，便點亮白燈籠。

說也奇怪，原本跳動的燭火在燈籠內直接轉為黑色的火焰，靜靜地燃燒著，一縷細煙從裡頭飄出，飄往水潭的另外一端，沉入黑暗當中，似乎正在聯繫著某個存在。

然而等了片刻，卻什麼也沒有回應。

這時千冬歲才顫抖著揭開自己的衣領，心臟處雖然沒有傷口，但有著與夏碎學長一樣的咒印，帶著詛咒的傷害深淺交替，赫然正在作用著。

「怎麼了？」我連忙迎上，抓住千冬歲發抖的手。

「……祭神……祭神得呼喚的是……我們的先祖……他不讓我……請求黑龍王……我的聲

音無法傳出……」

千冬歲抖得聲音幾乎破碎，但我還是搞清楚了，恐怕雪野家主也意識到千冬歲不會乖乖地進行神祭儀式，所以不知道在匕首上做了什麼手腳，除了讓夏碎學長緩慢流血，竟然還讓千冬歲沒辦法召請他熟識的黑龍王來幫忙。

這眞的是逼人走絕路。

剛剛沒先聯手把雪野家主往死裡打一頓眞的很虧，那種人就該蓋布袋把他斷手斷腳，讓他嘗嘗什麼叫作疼痛，即使根本感受不到眞正受害人們痛楚的萬分之一。

我轉頭，正想找學長幫忙時，一看見後方狀況，直接愣住。

應該要躺著維持生命的夏碎學長不知道什麼時候半清醒過來，抓著學長的手掙扎要起身，學長可能本來不想讓他亂動把他按住，但那人執意的掙動讓血流得更快，逼到學長不得不將他扶起來，攙著人往我們這邊走來。

「哥？」千冬歲也看到這個畫面，卻根本不敢對他哥大聲一點，就怕聲音一大會讓人像玻璃一樣碎掉。

夏碎學長朝我們溫柔地勾起笑，只是那張臉已經沒有血色，那抹笑看上去讓人心驚膽跳，還有種好像死亡前的脆弱美感。

沒有解釋什麼，夏碎學長靠在學長身邊，伸出手，勾過那個無法把聲音傳出去的白色燈籠。裡面的黑色火焰搖晃一下，瞬間熄滅。

千冬歲連忙去扶差點脫力掉下來的白燈籠，疑惑地看著他哥拚盡全力的不明舉止。

夏碎學長慢慢地把沾滿血液的手掌貼到燈籠上，留下一個讓人怵目驚心的血手印，然後費力地抬起手到上方的開口，紅色的血珠就這樣滴入燈籠。

瞬間，火紅色的焰火在燈籠中燃起。

「紅龍王。」夏碎學長看著燈籠，緩緩閉上眼睛，鬆開手：「請召。」

我終於知道萊恩在解釋祭龍潭時哪裡不對了。

當初夏碎學長提到祭龍潭的當下我們正在被追殺，夏碎學長提議要帶我們進祭龍潭。

而萊恩說，只有家主和血脈繼承人才能夠打開門戶。

如果夏碎學長僅僅只是個普通人，他是不可能在那個情況下開玩笑說要帶大家進祭龍潭，他也不是那種會在危機時亂開支票的人。

藥師寺夏碎打得開祭龍潭的門戶。

而且他能夠請求紅龍王，雖然代價是自己的血。但毫無特別的凡人血眞的能夠一次就請出龍神的幫助嗎？

我一陣悚然。

或許夏碎學長在今天之前只是認為他運氣好，正好和某些存在交換約定，可以特別多做點事情。

可是在雪谷地和命盤一事過後，我整個雞皮疙瘩都立起來。

其實剛剛說到破壞了雪谷地血脈時，並沒有完整說明雪野家主的動機，只說了他破壞原本該是神巫的命格，但是他的動機是什麼？

「你也是嗎？」

千冬歲接住差點打翻的燈籠，整個人失神地往後一坐，喃喃唸出類似邪神碎片衝出前夏碎學長也說過的話。「原來你也是嗎？」

原來我也是……我以為我不是……

「如果是雪谷地神巫的天命，他們來確認就會發現你也是……但是你身上沒有了……連雪谷地的力量也一起被破壞，所以才有幾年後那場神祭……」千冬歲抬起頭，看著夏碎學長，大顆大顆的眼淚順著臉頰掉落。

夏碎學長，也是龍神血脈繼承人。

雖然命盤沒有特別顯示，可能是因爲雪谷地的天命或傳承高過於龍神繼承，而龍神血脈比較微薄的緣故。

然後他的血脈力量被剝奪了，雪谷地命格被毀，一切都在他出生一天後發生。

「因爲他要你的龍神繼承，不讓雪谷地插手，強行破壞雪谷地傳承，再奪走你的血脈力量，提高他本身的龍神繼承……然後進行了神祭，造成大夫人慘死……」千冬歲終於把眞相拼湊出來，無法置信地看著早他一步得知眞相的兄長，「原來是這樣……」

空氣開始灼熱了起來。

火焰燃燒出的緋色細煙在通往黑暗的那端燃起小小火花，某種強大的力量一點一滴地從空氣中傳導出來。

有過強的存在正朝著我們逼近。

不過這些變化並沒有讓神社內的人察覺，應該說眞相過於震驚，幾乎每個人都處於難以言喻的驚愣中，就連學長都一時間沒反應過來水潭外的異常。

靠著學長的夏碎學長再次半睜開眼睛，抬起手，指尖擦過千冬歲的臉頰，露出往昔慣常的溫柔微笑，斷斷續續地發出聲音。

「不是你的錯……」

「只是……」

「母親和我……選擇錯了……」

千冬歲終於忍不住嚎啕大哭起來。

那天在神社內發出的淒厲悲鳴幾乎就像將死之人最後的痛號，痛不欲生得似乎連靈魂都會跟著破碎。

很多年後我總是會回想起，這輩子很多我不願意見到的事。

這天就是其中之一。

《特殊傳說Ⅲ・02》完

番外　向死而生

他們都是註定會死的人。

但是，又有誰不是這樣的呢？

「我們兩個，如你精靈或炎狼的生命原本該極爲漫長，但說到人類其實也不算短，現在自由世界遠比其他時代還要開放，延長壽命的方式很多，想要活過千歲已不是問題……然而我們的生命很可能註定連這些原本該有的零頭都不到；在這情形下還讓我們相遇組成搭檔，這不是滿有趣的嗎，就像命運想開點殘酷的玩笑，還憐憫地記得讓我們知道有人一樣慘好取暖。」

他對藥師寺夏碎這個人眞正起興趣，是在從董事們那邊了解替身家族之後的事了。

初次見面的第一眼，除了有種怪異的力量感，就是個看起來蒼白脆弱、安安靜靜的人類，有一副長大之後大概會成爲小白臉的溫柔面孔和嗓音，處於一大群種族裡有著奇妙的突兀，卻又帶著些許的和諧感，似乎這個位子就是為了這個男孩準備，而後他也很快證明自己就是該在這個地方，無人能取代。

與其他順應歷史軌跡的種族不同，人類這個種族一直有各種方式鑽世界意識的漏洞，可能和他們先天的短命、虛弱體質有關，他們熱衷於逆天換命，以某些方式更改歷史或是某些註定的時間、宿命，藉由各式各樣的手段來增強自己，讓那具在其他種族眼裡看來很平凡的肉體站上不輸給異族的舞台上。

事實上也很有效，有不少人類間流傳的神話傳說某方面來講都是真的，人類轉渡自己的軀體和靈魂後，可以變成另一種更高層次的東西，可塑性相當強，屢次為人族描繪傳奇。

藥師寺家族就是這種狀況下的產物。

其實說白了點，與他來到這個時代的方式很相似，當初精靈與炎狼為了將他送至千年後躲避死亡，付出兩族千年的發展與榮盛，以此為代價，藉由特別的存在將他送離。

而藥師寺家族付出的就是自己的生命與力量，以他們自己本身作為籌碼交換另外一人的時間留存，越是強大的藥師寺，越能保住被替身者的存在與未來，相對地，力量微弱者能守住的就比較少，目標物很可能多少還是會受到創傷，不過也足夠對方擁有另一次機會改變一切。

他們兩人，一是接受了他人代價被守護而來，一是即將替別人付出代價因此而走。

不過他的狀況比較複雜，帶著一身問題與詛咒來到千年後，各種大大小小的失衡與惡意，讓他可能活不過成年；而他的搭檔則簡單得多，只是靜靜在等待預料中的死亡降臨的那一日到來。然而不管是哪個，其實都不會令人感到愉快，明知道經歷各種痛苦的盡頭是必定的死亡，還是會很想罵幾句什麼來問候這個該死的宿命。

世界意識無心的惡意往往超乎人們的想像。

後來他發現看似心境很豁達的囉嗦搭檔其實會作噩夢。

嗯，應該說每個人都會作噩夢，他也會，夢迴千年，一場場關於父母親衰弱致死的夢境，究竟盤桓多少日夜都快數不清了。父母的最後一面就像一塊反覆咀嚼千萬次的糖，幾乎要對那股味道痛苦得麻木了，但卻又留戀不捨，無法割捨這溫暖氣味，只求可以多保留住一點。

不過他的噩夢早已有結果，千年前就已經結束，遠在那時代蓋棺論定，他們了無遺憾，為何而死，清楚明白。

身為人類的少年的噩夢卻還未有盡頭。

他總是作著同樣的噩夢——死於血泊中的母親，為了所愛承受不屬於自己的死亡——看似如此的血色夢境一直糾纏著被留下來的孩子，宛若魔障。

後來他們在公會掛名組成搭檔，可能是他搭檔在某方面想開了，又或者陪他跑遍各種任務焦頭爛額，他很確定身邊的搭檔應該有一小段時間沒有再被那場夢境日日瘋纏……也許偶爾還會有，但沒有以前那麼嚴重。

直到後來他死了，可能不小心害得他的搭檔分心多了另一場噩夢。

這件事讓他感到愧疚。

雖然他們早就都已經知道對方命不長，也各自有規劃在彼此身死後替對方善後。不過他還是很確定他死的事情留下了一定的影響。

這世界總是這樣，雖然早已經有心理準備，但最終還是存活下來的那人會受傷。

※

「不要再召喚紅龍王了。」

推開船艙門扉，他走進帶有絲縷藥香的艙內，皺起眉看著半坐在床上的搭檔，對方臉上沒多少血色，卻好整以暇地看著手上的紙張，舒服平靜得彷彿不像個重傷又被邪神標記的傢伙。

月見坐在另一邊處理藥物。先前因爲協助夏碎從醫療班逃跑暴露實力後，月見就從後勤治療士被調到前線，日子沒有以前那麼悠閒了，且因爲他能壓制黑暗影響，於是工作更多，這次也是隨隊伍前來支援孤島行動。

醫療班看了他們兩人一眼，站起身打算離開，夏碎卻微笑著喊住對方，讓他繼續忙碌不用避嫌，本來他們兩個要溝通的也不是什麼祕密，更別說月見對他的狀況算得上熟悉，先前不短的照料期下來早就都成朋友了。

「綜合那時迫切的情況，請紅龍王出手是我當下判斷最正確的做法。」夏碎勾起唇，雖然看上去相當溫和，但旁邊的搭檔卻讀懂他眼裡不怎麼有笑意的淡然。「況且誰知道還能用多久，這是藥師寺家遞來的消息。」

他接過紙張，上面是一連串暗碼一樣的文字，只有藥師寺家族的人能看懂的機密暗文——不過他早就從搭檔那邊學來解譯，所以很快便讀完對方家族傳來的訊息。

雪野家使者頻頻來訪，希望少主提早前往，協助神諭觀禮。

「協助？」他挑起眉，把紙張遞回。

沒記錯的話，神諭之所在處理內部事務上應該一直都是獨立進行，並沒有理由找外人吧？

雖說夏碎有血緣，不過早就脫離被算在藥師寺家，這幾年兩個家族也處於斷聯狀態，如果不是因爲他弟在學院，還不一定會有接觸。

「不知道是不是旁支的意思。」夏碎把玩著紙張，琢磨著上面代表的意義。雖然看似禮貌性地邀請，但裡頭蘊含的怪異太多了，讓人不得不多想。「千冬歲繼承的時間快到了，觀禮後隨之而來的就會是大典，或許這一次我能夠知道點什麼……如果就如母親所期待，那麼往後的事情就要拜託你了。」

「……」並不想接話。

夏碎笑了。「你別露出遺憾的表情，我覺得離開前至少可以確定你沒事，這就比原先預計的要好很多……至少你的未來可以延長很久。」最開始他們都抱持悲觀，覺得大概很快就要前往安息之地，現在短短時間內解決了眼前友人的事情，而且是朝最好的方向發展，這點對他而言比什麼都還要讓人安慰。

如果說以前對方先行某程度在他心中留下自己不足的陰影，現在他完全能徹底放心，沒太大的牽掛。

「說不定你也可以。」身爲半精靈的人嘆了口氣，重新看著床上的搭檔。「也有替身終其一生都沒有派上用場，而且上次你就順利存活下來，你弟現在比當時還要更強，他面對死亡威脅的處理比以前更好，全身而退的可能性極高……別忘了你還答應褚什麼。」

「嗯，我希望能夠有那麼一天。」不過對於這件事並沒有抱持著過大的期望。夏碎沒將後面的話說出來，怕眼前的搭檔眞的新仇舊恨累積在一起把他揍一頓。

他知道千冬歲遲早有一天會把替身術瓦解，擁有傳承血脈的人在眞正的大典過後力量會翻倍成長，很快就會強過他，到時就算解除了也沒關係，那代表雪野新任家主已經完全可以保護自己，不害怕威脅。

但這也是未來才會發生的事情。

在那之前，少年還是有著死亡威脅等待著他，不論是降神之所或是殺手家族，更多潛伏者準備在神諭之所交替、最虛弱時發動攻擊。

而且……

雖然不想這麼懷疑，但夏碎隱隱覺得或許有人想舉行的並非神諭觀禮。

「你弟不會。」看出搭檔所想，站在一邊的混血精靈嘖了聲。「你弟絕對是那種靠自己成爲雪野家第一人的傢伙，不會搞出別的事情走歪路。」

雖然和千冬歲不是很熟，不過他第一次看見那小子時就知道對方肯定不會。不知道本人有沒有發現，對方從最初看見自家兄長時，那種懵懂好奇兄弟是怎樣的人的心態，逐漸轉變成欽羨、崇拜，八成進入情報班後還看了一堆關於兄長的事蹟，對他哥的一舉一動整個在意執著。

不可否認，以身爲人類來說，夏碎實在太優秀了，這優秀早早就被同教室的種族同學們注意到，所以眼力好的都樂意給他點面子。

並非所謂的血緣或先天能力，他的優秀是他的努力，那種不屈於生命限制的毅力，從一個很平庸的普通人類爬到紫袍的位子，融會貫通地使用各種方式彌補不足，簡直可以作爲激勵一般人努力向上的典範，至今就連公會裡那些狂妄的袍級也不太會隨便刁難他，連他弟的搭檔都將他作爲目標般前進。

當初因爲出生命盤就瞧不起這人的家族眞的應該去刷刷自己的狗眼。

命薄就算了，說沒能力就把人看得這麼扁，眞虧他們好意思稱自己是神諭之所，連努力可以成爲強者這事情都沒有測算出來，一句「平凡無能」就拋棄，眞不知道那塊招牌到底是哪來的，這些腦殘的神諭傳人眼也絕對都是殘的。

這是在他們猜測到眞相之前的想法。

誰也不會知道原來一切的問題點會來自於最想要託付信任的至親。

※

「雪野家還有沒有什麼奇怪的祕密？」

偏著腦袋盯著腳下踩住的人，這是雪野家旁系，一直想要篡位的那種，前兩年在夏碎他弟肅清反對勢力時也一併被清出去，不過他們還未死心，正在私下重新招兵買馬，打算在神諭觀禮時搞點什麼破壞。該說他們運氣不好，自己藉由追蹤被賣掉的那三條內褲這個理由探查某些他搭檔想隱瞞的事情時，被他堵個正著，未成形的小軍隊被搗破潰散，幾個重點人物被揍得跟豬頭一樣，沒幾個月好不了。

畢竟爲了不讓他們在觀禮出現，自己也用了些黑暗力量，保證他們傷勢不會那麼快復元。

「聽不懂你在說什麼！」被踩住的旁系長老惡狠狠地看著連隱藏外貌都沒有的半精靈，深知對方就是仗著背後家族靠山夠硬，他們報復不了才這麼肆無忌憚。

「雪野家除了龍神血脈之外，有沒有其他會影響體質的能力？或者外界不知的祕密？」冷冷地俯瞰對方，他冷笑了聲：「放心，想報復就來，我的家族不會出手。」

前提是有辦法報復。

攻入這支旁系時他已經開了結界屏障把這區塊封鎖，打倒的人一律洗掉記憶，醒來時只會知道自己不曉得被什麼打了一頓，這個看起來活最久、知道最多事情的長老，還是刻意留著要問完話，再洗腦。

「他似乎真的不知道。」停在一旁斷壁上的小黑蝶輕輕張合著翅膀，分析著失敗者的情緒變化與黑暗的內心。

「嘖。」擊暈了旁系長老，他順手清除對方的記憶。

「先前在獄界取過夏碎的血之後，我就一直覺得不太對勁。」凝視著半精靈把那些旁系家族的人扔去別的地方，小黑蝶傳來淡淡的語氣：「太過於『人類』，乾淨得完全沒有先天能力痕跡，只有後天修習的替身家族等等的力量軌跡。」先前幫對方清理毒素時順便分析了血脈，當時因爲還有裂川王事件，所以沒特別深入追查。

停頓了半晌，小黑蝶繼續說道：「但是後來發現他的術法親和力特別強，這就不像普通人類短時間內能辦到的事情。」再怎麼說，這幾個孩子才十多歲，如果不是像眼前的半精靈這樣天生親近自然力量，即使是有天分的人類也很難在短短幾年內可以把大量不同屬性的靈符與術法運用自如，更別說他詢問過後，發現身邊的姪子甚至還教過對方精靈和炎狼特有的法術。

小黑蝶原本是精靈術師，對於這方面的事遠比其他人更愼重。

或許那位人類的努力是造就他成爲強者最大的要點，但精靈術師不比一般術師，在他們眼中看來，不帶任何力量的普通人類得以在短短幾年內使用全屬性的靈符本身就是一件很奇怪的事，更何況他攜帶了那麼多屬性的東西，竟沒有因爲屬性對衝產生法器、媒介爆炸的狀況。

不過血液分析確實太乾淨了，返回初始後，一點能量都沒有，平凡無奇。過度乾淨反而更讓人懷疑。

「最大的可能是他的血脈、體質被清理過，如果是後天，或許在使用凝神石後會有點反應。」小黑蝶看著若有所思的半精靈：「可惜不能讓他留在獄界更長時間，對於他現在的身體來說負擔過重，不然凝神石有更明顯的作用後，就可以反推他的血脈究竟發生過什麼事情。他太謹慎，對自己身體做了許多守護不讓外力探查，如果要精準地觀測凝神石的影響，恐怕得把他一身祕法清理掉。」

雖然這些小輩的守護術法他是能夠完全瓦解，不過像夏碎這樣有意識地做了不少禁咒保護，以免出任務有變故者，真的要徹底深入他的血脈徹查，大概得先把他剝一層皮。

這也讓小黑蝶背後的原身不由得有些疑惑，雖然是因爲凝神石開始起了作用才出現引人注意的異狀，但畢竟夏碎先前見過精靈王與大王子，甚至還在狼王前走一遭，爲何這些人都沒有發現怪異？難道是清理血脈的人有著比擬他們的實力嗎？又或者交換了什麼巨大代價，讓隱蔽術法超越了六界外存在？

「雪野家這些人好像眞的不知道除了龍神傳承以外，還有什麼不對的地方。」半精靈皺起眉，優美的面孔上凝結淡淡凶狠的氣息。「我不明白，夏碎既然不是下任家主候選，到底有什麼問題才會清理他的先天能力？」而且這種能力雖然沒了，卻還遺留術法親和力的體質。他那個準繼承人弟弟看起來都沒這麼厲害。

啊，不過這種古老家族很常會流傳什麼「幾代後禁忌之子毀滅世界」、「詛咒之子葬送家族」……之類的傳說，搞不好他的搭檔倒楣也中了一個，所以才被家族封印呢？

這樣就有意思了，畢竟他們身邊還有個可以毀滅世界的妖師力量繼承者，不知道某某詛咒之子和世界兵器比起來，雪野家會比較害怕哪個。

雖然如此，他還是不希望他的搭檔被迫擁有太麻煩的身分，已經有個很麻煩的學弟了，搭檔還是安全點比較好。

「你花了這麼大的力氣私下探查，但夏碎並沒有放棄替身的意思，即使未來你找到救他的方法，他卻還是終須一死，這樣你能接受嗎？」對於替身一事，就算是小黑蝶也清楚對方的堅持，他是鐵了心要推自己的弟弟安全上位，這類人通常不會輕易更改自己的決心。

「……我一直覺得那傢伙如果沒什麼宿命，大概是我們這群人裡最會過生活的。」半精靈勾了勾唇，他的搭檔很清楚自己需要哪些，而且把爲時不多的日子過得很悠哉，一點都不浪費。如果換個時空背景，這人九成九會活得自由自在，而且還很任性。「當時我的時間將結束，他沒有放棄過，拖著那個身體也要履行約定。現在他有麻煩，就換我不能放棄。這和他執行替身的選擇不衝突，況且搞不好找到最後，還可以找到個不用他付出生命的方式。」

命盤什麼的，都是參考用的。

當初關於他的預言還不是都被改寫了，那些註定的事情還未發生，就是有改變的機會。

「還有夏碎的堅持是來自於對他母親的承諾，他母親並沒有要他非得付出生命不可，而是要他保護千冬歲成爲家主，改革神諭之所，所以能不死的話，他應該也會努力活著。」

就像他想要替父親完成未竟的那些事，夏碎也一直掛記著自己的母親，那位夫人即使以近乎被羞辱的方式離開雪野家，卻還是全心念著雪野家主，希望身邊的孩子能夠守護同樣是血親的弟弟，讓雪野家往好的方向發展，不會再發生像他們這樣，家主無力守護的事情，這成了夏碎後來會選擇成爲替身的最大主因。

不過其實他一直覺得這點很怪，如果家主眞的這麼在乎大夫人，憑他家主的身分，難道連一個妻子都保不住？

他有發現夏碎也隱隱有點疙瘩，不過因爲母親的關係沒有提出太多質疑，僅是按照母親的希望執行她的遺願。

只是，那位大夫人眞的希望夏碎以自己的生命去扶持弟弟嗎？

面對自己的搭檔，他當然沒顧忌地劈頭當面問過這件事情，同齡的男孩用那種欠揍的溫和微笑回答他：「這是我評估過，最好的守護方式，畢竟我不可能全天候跟在千冬歲身邊。」成爲替身的話，就不會有這種隱患了。

他的搭檔，永遠是個採用最快又有效手段的傢伙。

之後，就出了孤島變故。

本來命就不好的人被邪神盯上，甚至打了標記，這讓原先就有限的時間更直接壓縮了，危急近在眼前。

接下來的事情發生得很快，邪神祭壇、邪神碎片，雪野家的出手，每一件都大幅度地透露出夏碎身上的不對勁，凝神石的效果很可能已經開始顯現，而且第一時間被擅長挖掘內心黑暗的邪神盯上。

這時在羽族無心的一句話中，他猛然驚覺或許自己必須要換個方向。

如果問題不是出在雪野家族，而是更早的本源家族呢？

※

「夏碎在這邊我比較安心，我要走一趟雪谷地搞清楚他身上發生什麼事情。」

暫時離開了隊伍，他來到雪野家族的禁地。

據說很久很久以前，雪野家因獲得龍神眷顧脫離雪谷地，大批新生代此後隨著雪野家族開創一番新的氣象，而留駐雪谷地的守舊派則在雪野家帶走大量資源後趨於轉型，不再廣開大門為人們做神靈媒介，封鎖了原雪谷地的地界，列為包括雪野家在內的外人不可入的禁地，潛心退隱，安靜祥和地度日。

雖然對外界是這樣表示的，不過根據他搭檔所說，雪谷地還是有在栽培與神靈溝通的新一代巫子們，只是那些族人出世並不會自稱是雪谷地，避免將外面的危險重新帶入已經隱世的雪谷地，平日也沒有刻意和雪野家往來，以至於雪野家也不清楚現今雪谷地的發展與遊走世界的巫子有哪些。

不過在雪野家逐漸壯大後，還是有不少邪惡趁隙襲擊雪谷地，這讓雪谷地更加隱藏本身的所在了。

面前是片一望無際的純白雪地。

如果是一般學生到來，恐怕只看得出這裡是塊終年落雪的極冬之地，但在他的眼裡卻是許多交織的咒術大陣，層層疊疊地保護著雪地裡的事物，不讓外界打擾，恐怕就連要找到入口都相當困難。

他沒有餘裕慢慢找。

從獄界那邊問來雪谷地確切的位置後，他直接闖進雪谷地的禁地大陣。

時間緊迫，沒那個空閒報家門等通傳和上位者一個個的同意才見面。

所以當打破第一個陣法、雪谷地衛兵圍上來時，他把準備好的靈符瞬間引爆，近百張的儲存把雪谷地外圍炸個天崩地裂，當場驚醒護山神靈和引來護衛長老，接著他乖乖被逮住，受點輕傷，隨後因爲身分順利地被押送到雪谷地族長、也就是神巫面前。

「你知道你可以乖乖敲門的吧？」神巫似笑非笑地看著入侵者，轉動手上的占卜盤，銀色光點在上面流轉，繪出幾條光線，倒也沒生氣地開口：「我們知道近期有貴客將臨，你先問兩句至少可以替我們省下一筆修繕費用。」

「很抱歉，但是我沒辦法等，我必須保留力量不能和衛兵過多糾纏，只好這麼做。破壞的費用我隨後送上，還有兩組精靈大陣，彌補雪谷地的損失。」看著外表年輕的神巫，他莫名覺得對方的氣質與他的搭檔有幾分相似，但兩人卻是完全不像的，更別說對方實際年齡比他們不知道大多少。「我爲了藥師寺夏碎而來，我懷疑他的身體有家族影響，但是雪野那邊查不出端倪，只能寄望雪谷地。夏碎現在被邪神標記，時間不多了。」簡易地說明自己和夏碎的關係與身分，他靜靜地等著對方的反應。

畢竟是與神靈溝通的人族，他認爲他們應該不至於全然無知，如果他們沒打算隱瞞，那就等對方自行衡量。

神巫瞇起細眸，若有所思地盯著面前的半精靈一會兒，然後朝旁邊的護衛抬抬手：「請大長老過來，應該是當年他掛記的那件事情。」

「當年？」捕捉到關鍵字，他看著雪谷地族長。

「嗯，藥師寺夏碎出生那年其實雪谷地星盤異動，有些跡象表明他可能是我們這邊的人……甚至是繼任巫子。但不知道爲何，星盤顯示很快變更了，自原本的巫子轉爲普通凡人，所以我們猜測或許是神龍那邊有其他的意思，所以能力被散去。」神巫淡淡地說著，顯然這件陳年舊事對他們來說影響不大。「不過不管如何，星盤更迭前後都顯示了這孩子天生命薄，如果成爲巫子，也有可能還未好好培植就壽盡，於是我們就未前往雪野家探問究竟。」

「所以雪谷地這邊因爲命薄袖手不管？」皺起眉，對於雪谷地的態度他感到不滿。

「這也是沒辦法的事，畢竟星盤停留時間過短，我們沒有足夠的理由前往雪野家要人，當初雪谷地與雪野分家時亦有明言，除非極爲特殊的狀況，否則不相互干涉，更何況是雪野族長的親子。」神巫停頓了半晌，幽幽地說道：「他的狀況有異，但不是沒發生過，雖然罕見，然而出生後體質虛弱造成先天能力潰散者也存在。」

「所以我才來找你們，雪野那邊根本問不出所以然，藥師寺也不知道爲什麼有變化。」按下不悅，爲了搭檔，他還是帶著禮貌，按照來之前黑王的教導說：「先天虛弱潰散的人，成長後那份衰弱會使學習某些事物變得緩慢。但夏碎的術法親和力強，甚至能學我們精靈和炎狼的陣術……前陣子他使用過凝神石，現在身體有變，凝神石的效用不會破壞而是修復與增進，你還認爲這些異常是先天潰散嗎？」

這次雪谷地族長沉默了。

「當然不是！」

蒼老卻力量十足的聲音在這時響起，讓原本大廳內的兩人同時轉看過去，不知年歲多少，但不影響其仍處於身強體壯與力量飽滿的老者拾步而出，雖然語氣帶著不以爲然和一絲慍怒，不過倒也不是針對他們。「老夫就知道那張命盤沒有錯，錯的是雪野一族的貪婪，我們至今還是窺不透他命盤改變的緣故，現在這位小友帶來這些話，已足夠證明那孩子命盤是被破壞的，而且還有高等神靈介入其中，遮掩了他原本該有的命數，才會讓所有人都查探不出來，我們雪谷地算了快二十年，始終沒辦法算出那孩子該有的命運和繼承。驅使龍神一手遮天，能在第一日接觸孩子並同時更動命盤的也只有一人。」

「……雪野家主。」雪谷地族長皺起眉。「但是為什麼？既然他的長子有著我們神巫正統傳承，他沒有理由破壞，即使命薄多難，但正式成為神巫繼承人之後很可能會受到神靈眷顧，改變原本的壽命，真的要說的話，那些並不算大問題。」

「哼，那些神諭之所的人早就因為權勢利益沖昏頭，做出什麼都不奇怪！」老者忿忿地說：「老夫這就走一趟，要雪野史暉給出交代！」

「這會不會不太合適？畢竟大長老您已經多年不問……」

「老夫不問世就丟了個神巫繼承候選人，因為這次錯過，小子你很可能要在這位子上多待一百三十六年，你就不想去打斷那些雪野傢伙的狗腿嗎！」大長老很不客氣地朝族長怒道。

「這倒是想。」雪谷地族長也很老實回答：「不論雪谷地是否隱世，該是我們的族人就該回來接受雪谷地的神靈祝福，雪野家這麼做，簡直不將本源家族放在眼中。」

「所以老夫要親自去問問那些傢伙，那孩子到底是怎麼回事！」

看來這位大長老的性格也是偏火爆。

站在一邊看著兩位長輩往來幾句，他默默地想著。這樣也好，雪野家爲了抓住夏碎不惜撕破臉，如果是溫和的長老恐怕還會被拖延時間，夏碎現在的狀況已經不容延遲了，雖然暫時寄放在水火妖魔那邊能得到保護，不過按照那人的個性，恐怕讓他有機會清醒就會跑路，十成十還是會回到雪野家問清楚因由。

世界通道或他們不知道的位置，在四日戰爭後顯然出了點什麼狀況，狼神與精靈王等人都趕赴各自的戰場，或是去了不同地方處理問題，收到消息往回趕還需要一些時間，他只希望在等待狼神他們回來之前，不要再有更多變故，讓夏碎撐下去。

搭檔的精神力他還是有信心的，邪神想要攻克他還要花一番工夫。

只要等到狼神他們回來就行了。

※

有時候想想，其實比起他的學弟，夏碎才眞正是最倒楣的傢伙。

至少他的學弟有家人守護著他。

他曾聽過多少次夏碎提及母親的希望與父親的悶苦，就可感受到夏碎對這一切有多失望。

眞相完全就是在嘲諷夏碎這些年來的信念與努力。他永遠也想不到最見血的刀就是來自他最信任的親人，更可以說夏碎今天會走到這種隨時面臨死亡的地步，全都是拜他們的父親所賜，而且他的母親更因爲這樣慘死。

最諷刺的是，一直到死，他的母親都還是一心一意，不曾懷疑。

「藥師寺夏碎，清醒點！」

雖然是如此喊著自己的搭檔，但他卻希望對方不如失去意識得好。從認識對方至今，除了病痛到了極致，他眞的沒見過對方露出這麼脆弱的一面。

原本銅牆鐵壁般堅硬的心被撕碎，千瘡百孔得讓邪神可以輕易掌握。

他們不怕死，但他們害怕信念破碎，那會比死亡還要痛苦。

再怎麼堅強的人，痛到極點後，還是會流下血和淚水。

以爲已很糟的情況有了更惡劣的發展，爲了能讓雪野家得到名正言順的「龍神後裔」，雪野家主最終還是選擇毫不留情把夏碎犧牲到底，同時讓兩個兒子與他們的朋友墜入絕望谷底。

他制止了學弟當場復仇。

爲了這種人把妖師一族賠進去，太不划算了。

該有的帳，他來討。

不管是不是爲了家族大義，或是有龍神支持，這些都無關他的決定。今天過後，他會親自來找雪野家算一算這筆爛帳。

之後他們轉入祭龍潭。

其實夏碎以前就顯露出一些異狀，比如祭龍潭，比如他提過幼時偶然遇見的宿雨，比如他說以前因爲運氣關係誤入祭龍潭，當時不知爲何出現在他面前的紅龍王告訴他可以用氣血交換龍王的幫助。

現在想想，如果眞的那麼簡單用氣血就可以交換龍王出手，那麼雪野家眞的會無敵；可是歷史上能夠這樣成功快速請出龍王幫助的人，除了家主與血脈繼承人以外，幾乎沒有幾個了，更別說他被雪野家評估後當作廢人一樣，紅龍王沒事要這種血幹嘛，消遣嗎。

因爲運氣太好，受到眷顧嗎？

還是這其實就是原本他該有的？

由雪野家主利用大夫人私底下進行了神祭這事情往回想，他應該是原本就有這種打算，然而當年他進行觀禮時，他的血脈繼承並沒有強到讓他可以舉行神祭。

多年後他卻有了把握私下進行？

恐怕是夏碎出生那年，雪野家主發現了長子身上除了雪谷地的血脈繼承外，還有龍神血脈傳承，但龍神血低於雪谷地，這樣會造成雪谷地前來迎接繼承者後，較少的龍神血脈再與雪野一族無關。

接著注意到長子命薄這件事，雪野家主八成抱持著既然命短終要死，不如徹底利用後再死去的想法，破壞了雪谷地傳承，不知用了什麼方式剝走他身上的龍神血脈融合到自己身上，最後再用某種方法遮掩長子的命數和被破壞的體質，才讓一群高手完全沒有發現。

他可能沒想到多年後夏碎會得到凝神石，好死不死的是，凝神石開始修補雪谷地被破壞的天命，那細微的氣息直接被想要尋找寄宿體的邪惡盯上，逼得他不得不盤算把夏碎押回雪野一族，靜待神祭舉行。

夏碎以前的懷疑只是家主可能沒有那麼愛母親，而是利用藥師寺家族的替身特性，這種母親所託非人的質疑像根刺一樣深深扎在他心底。

不過母親要他看護弟弟成為家主，期望未來改革雪野家的腐敗，所以他按下了那點疑心，帶著對母親的思念，盡力想完成自己的替身任務。

不論是母親或是孩子，追根究柢，他們其實就是很單純地希望自己的家人能夠安好。

「不是你的錯……」

「只是……」

「母親和我……選擇錯了……」

幾乎說不完整的話表達的是最深沉的痛苦與絕望。

他的搭檔最後還是沒有怪罪於弟弟，而是在苦痛中嚥下了眞相，不怪不知情者，只怪他們自己的選擇最後是一場錯誤。

藥師寺一族的替身歷史很漫長，他並不是第一個選錯的人，多少前輩親族們都在失望中付出自己的性命，而他們就是如此，在死亡前接下懊悔，不再牽連他人。

他想起了這搭檔最開始就只是個脆弱的人類。

但這個人類在他無數失衡的日子裡，陪他一起笑著約定誰先死，另一個就幫對方辦後事。

這人類無懼死亡，一直堅定著信念走到紫袍的地位，不惜帶著大小傷痕出入各種險境。

這人類在他這搭檔死掉的那些日子，不安分地拖著病體四處亂跑，只爲了能夠幫上忙。

這人類明明虛弱得要死，然而努力又腹黑得讓認識他的那些大小種族都不敢輕視他。

這人類自己的生命都沒有其他人的長，他還是很認眞地學習，過好活著的每一天。

他的選擇錯了沒關係，他會陪他走到最後。

他們原本就向死而生。

但是造成他選擇錯誤、踐踏他信念的那些人，該償還的公道，他會一一去討回來，管他什麼家族大義或是其他冠冕堂皇的話，就算背後有龍神支持，他也要把那條龍神的皮剝下來。

因爲他是藥師寺夏碎的搭檔。

夠資格弄死那些混帳了。

〈向死而生〉完

特殊傳說 III
THE UNIQUE LEGEND

……好可怕……

by 紅麟

國家圖書館出版品預行編目資料

特殊傳說.III / 護玄 著.
——初版.——台北市：蓋亞文化，2021.01
冊；公分.

ISBN 978-986-319-533-7（第二冊：平裝）

863.57 109020985

悅讀館 RE392

作　　者　護玄
插　　畫　紅麟
封面設計　莊謹銘
主　　編　黃致雲
總 編 輯　沈育如
發 行 人　陳常智
出 版 社　蓋亞文化有限公司
地址：台北市103承德路二段75巷35號1樓
電話：02-2558-5438　傳真：02-2558-5439
電子信箱：gaea@gaeabooks.com.tw
投稿信箱：editor@gaeabooks.com.tw
郵撥帳號 19769541　戶名：蓋亞文化有限公司
法律顧問　宇達經貿法律事務所
總 經 銷　聯合發行股份有限公司
地址：新北市新店區寶橋路二三五巷六弄六號二樓
電話：02-2917-8022　傳真：02-2915-6275
港澳地區　一代匯集
地址：九龍旺角塘尾道64號龍駒企業大廈10樓B&D室
電話：+852-2783-8102　傳真：+852-2396-0050
初版一刷　2021年1月
定　　價　新台幣 260 元
Published and printed in Taiwan

ISBN 978-986-319-533-7

蓋亞文化　讀者迴響

感謝您在茫茫書海中選擇了蓋亞，您的支持是我們最大的動力。
不要缺席喔，讓我們一起乘著夢想的羽翼，穿越時空遨遊天地！

姓名：　性別：□男□女　出生日期：　年　月　日
聯絡電話：　手機：
學歷：□小學□國中□高中□大學□研究所　職業：
E-mail：　（請正確填寫）
通訊地址：□□□
本書購自：　縣市　書店
何處得知本書消息：□逛書店□親友推薦□DM廣告□網路□雜誌報導
是否購買過蓋亞其他書籍：□是，書名：　□否，首次購買
購買本書的動機是：□封面很吸引人□書名取得很讚□喜歡作者□價格便宜 □其他
是否參加過蓋亞所舉辦的活動： □有，參加過　場　□無，因為
喜歡出版社製作什麼樣的贈品： □書卡□文具用品□衣服□作者簽名□海報□無所謂□其他：
您對本書的意見： ◎內容／□滿意□尚可□待改進　◎編輯／□滿意□尚可□待改進 ◎封面設計／□滿意□尚可□待改進　◎定價／□滿意□尚可□待改進
推薦好友，讓他們一起分享出版訊息，享有購書優惠 1.姓名：　e-mail： 2.姓名：　e-mail：
其他建議：

◎請沿虛線剪開、對摺、裝訂後寄出

◎請沿虛線剪開、對摺、裝訂後寄出

廣告回信 郵資免付
台北郵局登記證
台北廣字第00675號

TO：蓋亞文化有限公司　收

103 台北市承德路二段75巷35號1樓

GAEA

GAEA

Gaea

GAEA